目次

真^{まこと}の友

真（まこと）の友

一

「悪戯《いたずら》にしては、少々ひどくないですか」

岩倉三太夫《いわくらさんだゆう》がそう言うと同時に何人かの笑い声がして、次席家老九頭目一亀《くずめいっき》家の道場の板戸が静かに引かれた。

「だから言ったではないか。三太夫が気付かぬ訳がないのだ」

九頭目鶴松《つるまつ》がそう言って稽古《けいこ》仲間の面々を見廻したが、なんと全員がそろっていたのである。それだけでも驚きなのに、すでに稽古着に着替えていた。胴を着け、面と籠手《こて》を左腕に抱えて、竹刀《しない》は右手にしている。仙田太作《せんだたさく》と目黒三之亟《めぐろさんのじょう》の二人は、面と籠手を床に置いていた。

これまでは常に三太夫が一番乗りだったことからすれば、申しあわせてそうしたとしか考えられない。

「おそろいとは驚きです。わたしが最後だとは思いもしませんでしたが、それにしても丁重《ていちょう》なお迎えで畏《おそ》れ入ります」

三太夫が軽く皮肉ると、太作が苦笑しつつ上段に振りかぶっていた竹刀を照れくさそうにおろした。三之亟の右手には、投避稽古《とうひ》で使うハトムギを詰めたお手玉が握《にぎ》られている。振りあげはしたものの、さてこの拳《こぶし》をどうしたものかと言いたげな顔であった。

鶴松の言葉からすれば、三太夫が気付くかどうかを試そうとしたのだろう。だれの発案かはわからないが、竹刀とお手玉からして太作か三之亟のどちらかにちがいなかった。二人にはほかの稽古仲間に較《くら》べると、子供らしさが残っていた。松並千足《まつなみちたる》、足立太郎松《あだちたろうまつ》、そして瀬田主税《せたちから》の三人は、にやにやと笑っている。三太夫が気付かずに引き戸を開けたら、太作が竹刀を振り降ろし、三之亟がお手玉を投げ付ける手筈《てはず》になっていたということだ。

「まさか、わたしが気付くかどうかに金を賭《か》けておられた、なんてことではないでしょうね」

「厭味《いやみ》を言いたくもなろうが、いろいろと事情があったのだ」

鶴松が言い訳をしようとしたが、三太夫は首を振った。

「飲酒、喫煙、賭け事はこれを禁ず、の条《くだり》が道場訓にないのは、神聖な場ゆえ自明の理《ことわり》だからです」

「お説ごもっとも。だが、まずは着替えることだな」とうながしてから、鶴松は言い直した。「おっと、大事なことを忘れるところであった。幸司《こうじ》ではなかった、三太夫だったな。まずは元服《げんぷく》おめでとう」

「おめでとう」

稽古仲間が声をそろえて言ったので、三太夫が礼を述べようとすると鶴松がおおきく手を振った。

「そのまえにまずは着替えることだ。時刻までに稽古着になっておくというのが、道場での決まりだからな」

先手を打たれたので仕方なく三太夫は控室に移り、素早く稽古着に着替えた。元服を祝おうと、三太夫が来るまえに全員が集まったようだが、それにしては乱暴な祝福である。成り行きに任せるしかないか、と楽天的な三太夫は深く考えないことにした。

稽古着に着替えると、連中とおなじように胴を纏《まと》う。面と籠手を抱え持ち、竹刀を摑《つか》んで三太夫は道場にもどった。

仲間は板間に円陣を組んで談笑していたが、その並びは次のようになっている。道場の正面神棚を背に鶴松が座を占め、右へ千足、三之亟、太郎松、主税、太作となっていた。かならずそうなるのだが、決まって父親の禄高《ろくだか》の順に並ぶのである。

鶴松の左が一人分開けられているのが、三太夫の席ということだろう。頭をさげてそこに座を占め、右前方に面と籠手、そして竹刀を置いた。

「三太夫、改めて元服おめでとう」と言ってから、鶴松は額《ひたい》に目を遣《や》った。「どうしても目が行ってしまうのだが、前髪を落とすと眩《まぶ》しいものであるな。秀《ひい》でた額というものは、おのずと光り輝くものらしい」

「それにしても、まさか三太夫に先を越されるとは思うてもおらなんだ」

千足がしみじみと言うと、それを受けたのは太作であった。

「そりゃ、なんたって岩倉道場の次の道場主だからな。なにごとにも、先陣を切ることになっておるのよ」

ほかの面々はすでに声変わりしていたが、太作はその終わりに差し掛かっているので、声がかなり不安定であった。

「駄作は大袈裟《おおげさ》でいかん」

そう言ったのは主税である。

太作がつまらぬ冗談を言ったとき、鶴松が「太作でなくて駄作だな」とからかったので、それが渾名《あだな》になっていた。ほかの者が駄作と呼べば太作は厭《いや》な顔をするが、鶴松と主税に言われても黙っている。学友の中でこの二人からは今までに一本も取ることができなかったので、引け目を感じるのだろう。

「なにが大袈裟なものか。元服したということは、いつでも戦場に馳《は》せ参じられる用意が整った、ということの表明だからな」

「駄作は前髪を落とさぬほうがいいぞ。前髪があるうちは、いざ鎌倉《かまくら》となっても出掛けなくてもよいからな。もっとも落としたくても落とせぬか。声変わりがすんでおらんのだから」

三之亟がからかうと、千足が追い撃ちを掛けた。

「女だって、月の障《さわ》りがないうちは女の子のままで、娘とは呼べぬからな」

太作が厭な顔をしたので、三太夫は話題を切り換えた。

「元服は十五歳になってから、おそらく来年の秋ぐらいだろうとのんびり構えておりました。わたしだけでなく、父もおなじ考えだったようです」

鶴松が訊《き》く。

「すると急に決まったのだな」

「卯月《うづき》の何日でしたかに、父が御中老と話す機会があったそうですが、なにかの弾《はず》みでトントンと」

「だが半年、いや、せめて三月《み》か四月《よ》、待てなんだのか」

「鶴松さまは年明けの正月だとお聞きしましたが、するとほかにも」

三太夫がそう言って見廻すと、だれもがうなずいたのである。

「と言うて、せっかく落とした前髪を付け直す訳にいかんしなあ」

太作が相変わらず落ち着きの悪い声でそう言うと、千足が大人ぶった言い方をした。

「付きあいの悪いやつだと責《せ》めることはできんだろう。三太夫が望んだならともかく、親が決めたのであればな」

「そうしますと、鶴松さまだけでなくみなさまが来年ということでしょうか」

三太夫がそう言うと、鶴松がおおきくうなずいた。

「わしの正月を皮切りに、如月《きさらぎ》には三之亟と主税が続く。主税は元服だけでなくて」

「すると、……まさか」

「その、まさか、なのだ」

「と、申されますと」

「なんだ、わからずに言ったのか」と苦笑して、鶴松はもったいぶった言い方をした。「今年の如月の十八日のことだそうだ」

以後は鶴松と三太夫の遣り取りとなったが、稽古仲間たちはおもしろがって聞いている。

「遊山《ゆさん》の日、でございますね」

三太夫の言葉に間髪《かんはつ》を容《い》れず鶴松が訊いた。

「遊山の日の別名を知っておるな」

「見合いの日。すると、まさか」

「まさかは二度目だが、その、まさかでな。挨拶《あいさつ》廻りのときに目と目があったそうだが、あっただけではなかったらしい。絡《から》まりあって、離れなくなってしまったという次第だ」

「まるで芝居でございますね」

「主税だから芝居になるが、駄作だと茶番だな」

「なにも、わたしを持ち出さなくても」

自分の役廻りを心得ている太作が、口を尖《とが》らせて道化《どうけ》を演じる。

「で、お相手は」

「冷静沈着《ちんちゃく》な三太夫が野次馬になりおった」

「そういう訳ではありませんが」

「が？」

「やはり道場仲間で同年輩ですから」

「知りたいのだろう。気になって仕方ないのだな。だったら、正直にそう言えばいいではないか」

「ぜひ、相手のお名前を」

待ってましたとばかりに、太郎松が口を開こうとした。その瞬間、隣に坐《すわ》っていた主税が太郎松に跳び付くと右手で口を塞《ふさ》ぎ、左腕で頭を抱えてしまったのである。太郎松は目を白黒させながら懸命《けんめい》に喋《しゃべ》ろうとするのだが、主税が渾身《こんしん》の力を籠《こ》めているのでひと言も発することができない。

「話したきは山々なれど、万が一にも決まらぬことになれば、相手に対して多大な迷惑を掛けてしまう」

手と腕の力を緩《ゆる》めることなく主税が言った。

「しかし、主税どのが一方的に惚《ほ》れたならともかく、目が絡まりあって離れなくなったのでしょう。であれば、決まったも同然ではないですか」

三太夫がそう言うと、千足がやけに深刻な顔で言った。

「どこから横槍が入るかしれんし、内定であって決定ではないからな。なにしろ」とそこで間を取ってから、千足はもったいぶって続けた。「七人の若侍から声が掛かっておるとのことだ。家格や地位を背景にちらつかせる者もいるだろうし、娘の父親にしても家の将来が絡むと悩まざるを得んからな。しかし羨《うらや》ましいかぎりだ」

「羨ましい、と申されますと」

三太夫の問いに千足は苦笑した。

「七人から思いを寄せられるような女性《にょしょう》に、思いを馳せたいとは思わぬか、三太夫は」

「だって、わたしなんぞが」

三太夫はそう言ったが、なぜか戸崎伸吉《とざきしんきち》の年子の姉すみれの顔を思い浮かべていた。微《かす》かに頰《ほお》が赤らんだが、幸《さいわ》いなことに気付いた者はいなかったようだ。

「三太夫が知りたいのは、稽古仲間の元服のことではなかったのか」

鶴松が話をもどした。

「そうでした」と、三太夫は改めて全員を見た。「鶴松さまが正月で、三之亟どのと主税どのが如月でしたね」

「千足は弥生《やよい》だ」

三之亟がそう言うと千足が続けた。

「太郎松が卯月ということだな」

「そうでしたか。みなさん、来年の前半には元服されるのですね」

「おーッと、どなたか大事な人をお忘れでないかな」

太作がそう言ったが、だれもがわかっていながらふしぎでならぬという顔をした。その顔が演技をしているふうでもないので、太作がしきりと焦《じ》れている。

「いけない。一番大事な人を忘れるところであったわい」

鶴松がわざとらしく額を叩くと太作は顔を輝かせたが、三之亟がおおきく首を振った。

「だって、やつは論外でしょう。なにしろ声変わりがすんでおらんのだから」

「またそれだ」と、太作は口を尖らせた。「わたしの元服はたしかに遅いが、と言ったって来年の秋だよ。いくらなんでも声変わりは終わってるはずだ。なに、年内にはまちがいなく終えてるさ」

「などと、一年後にもおなじ台詞《せりふ》を聞きそうだな」

二

「と言う訳なので」と、鶴松が学友たちを見廻した。「稽古仲間は全員が、一年以内に元服をすませることになる。でありながら、元服の手順がどういうものかだれも知らぬ。三太夫以外はな」

それでようやく、全員が自分より早く道場に姿を見せていた理由がわかった。

なんと言っても、元服は男子の人生における最大の節目である。断片的には耳にしているかもしれないが、その実態はだれ一人として知らない。ところがごく身近に、体験者が現れたのである。

だれが言い出したかは知らないが、三太夫の話を、ということに決まったのだろう。なにを訊くかなどについて銘々《めいめい》が意見を出しているうちに武術の腕に話が及び、三太夫の力量を試してみようとなったにちがいない。それが竹刀とお手玉になり、いつの間にか脇道に逸《そ》れてしまったということだ。

なんとか本道にもどったのであった。

「みなさまとは、おなじ元服であっても随分とちがうと思われます。それにわたしの場合は、かなり略式でしたので」

父親の一亀が次席家老ということもあるが、稽古相手の三太夫を除けば鶴松の学友は上士に属する。一番家格が低いのは父が引除郡代《ひきのきぐんだい》の仙田太作だが、とは言っても騎馬士、つまり馬に乗り鎗《やり》持《も》ちを従える資格を持っていた。騎馬士の烏帽《えぼ》子《し》親は藩主が務めるのが通例で、諱《いみな》と太刀《たち》あるいは脇差《わきざし》が与えられるとのことだ。

「略式だとしても、元服そのものに変わりはあるまい」と、鶴松が言った。「みんなが知りたいのは、どういう流れでなにがおこなわれるか、ということなのだ。三太夫の加冠《かかん》の儀がどうであったかを話してくれれば、大いに参考になるはずだよ」

「そういうことでしたらお話しいたしますが、と申すより自分の体験しか話せないのです。わたしの場合、御中老の芦原《あしはら》さまが烏帽子親を務めてくださいました」

式の当日、芦原讃岐《さぬき》は三人の家士と、荷物を持った若党一人を伴って岩倉家を訪れた。

式は表座敷でおこなわれたが、元服する当時は幸司だった三太夫、父の源太《げんだ》夫《ゆう》、烏帽子親の讃岐とその従者だけが入り、静かに襖《ふすま》が閉められた。元服式には関係ない若党、そして母親のみつと妹の花《はな》は隣室に控える。

讃岐が加冠の儀をおこなう旨《むね》を告げ、型通りの挨拶《あいさつ》があった。

家士にはそれぞれ役割があり、鏡台 幷《ならびに》 鏡の役が幸司の正面に鏡台を据《す》えた。正座した状態で顔が映るように、位置や角度を調節する。続いて打乱《うちみだれ》箱の役が、鏡台の横に、内側に紙の敷かれた打乱箱を置いた。

用意が整うと、理髪の役が前髪を落として月代《さかやき》を調《ととの》える。剃《そ》った髪を打乱箱の役に渡し、受け取ったほうは箱の紙の上にそれを並べて置いた。理髪が終わると髪を紙で包み、箱が蓋《ふた》で被われる。

理髪の役が髷《まげ》を結《ゆ》い終えると、鏡台幷鏡の役が幸司に髪を調えた姿を見せた。

「本来ならば加冠の役である御中老が、烏帽子を被《かぶ》らせることで元服の式、初《うい》冠《こうぶり》の儀を終えることになるそうです。近年では略式となっているとのことで、わたしは烏帽子を被りませんでした。ですがみなさまは、正式に烏帽子を戴《いただ》くことになるのではないでしょうか。そのとき烏帽子親から特別な詞《ことば》があると思うのですが、憶《おぼ》えておいてあとで教えてください」

「憶えられるかな」と、言ったのは太郎松であった。「なにしろ一生に一度のことだから、気が張り詰めてそれどころではあるまい」

「そうでもないと思うな」

「千足は頭がいいから、難なく憶えられるだろうが」と、これは太作である。

「おれの頭では、とてもとても」

「ああいうのは決まり文句だから、意外とすんなり憶えられるものなのだ」

次席家老の長子である鶴松は、儀式的な席に列したことが多いのだろう。

三太夫はうなずくと続けた。

「御中老が懐《ふところ》から紙片を取り出されたのですが、折り畳まれた表には命名と書かれていました。開けば元服名、つまり諱が書かれていますが、その場では開けないことになっています。のちに父と子で確認すると言われておりましたので、紙片をうやうやしく押し戴くと懐に収めました」

「略式だと申したが、なにかと手のこんだものであるな」

千足がそう言うと、太作がしたり顔で言った。

「なにしろ一人前の男となるのだから、簡単ではないさ」

「太作は元服をすませておらんのに、まるで男になったような口調だ。どうせ、いつものように見栄《みえ》を張っておるのだろうが」

とこれは太郎松である。

「いつものように、は余計だ」

「太作はすでに男になっておるかもしれん。いや、なってるはずだ」と、千足がなにかを思い出したふうに言った。「たしか、お鍋《なべ》という奉公女がいたが」

「それが、どうかしたのか」

「太作の屋敷に出向いたおり、沓脱石《くつぬぎいし》から座敷にあがったのだが、そのときお鍋が洗足盥《すすぎだらい》を用意したことがあった」

「下男が出ておったので、仕方なくやらせたのだ」

「そんな言い訳はいい。あのときの太作を見るお鍋の目が、尋常《じんじょう》ではなかったのだ」

「どういうことだ」

「すでにモノにしたという目付きであったな。察するに、家の者が出払っておるとき、太作はお鍋の蒲団《ふとん》に引き摺《ず》りこまれたにちがいない。となるとだ」と、千足は意味ありげに稽古仲間を見廻した。「いくら鈍《にぶ》いやつにも、どうなるかはわかっておるだろう。そのままですむ訳がないからな」

「隅に置けぬやつだわい」と、太郎松が言った。「声変わりと元服を終えてもおらぬのに男になったと言うことは、手形を持たずに関所を通ってしまったようなものだな。ん、ちとちがうか」

「なに、太作でさえ男になれたのだから、なにも心配することはないということだよ」と言ったのは、しばらく黙っていた三之亟である。「元服を終えるとな、だれかが然《しか》るべき所に連れて行ってくれるそうだぜ」

「だれかって」

「だから、だれか。従兄《いとこ》とか叔父《おじ》などだな。古顔の家士が主人に言い含められて、ということもあると聞いた」と言って、太郎松は三太夫を見た。「道場には兄弟子が多い。三太夫はとっくに筆おろしを終えているのではないのか」

「筆おろし」と、首を傾《かし》げたのは太作であった。「なんだ、そりゃ」

「惚《とぼ》けないでくれよ、太作。おまえがお鍋に蒲団に引き摺りこまれてやったのが、筆おろしではないか。初めての筆にたっぷりと墨を含ませて、のの字、ののの字を書くのが筆おろしだ。そうか、のの字を書き切らなかったのだな。いや、そうではなさそうだ。書こうとして、筆をおろした途端に終わったか」

　太郎松はそう言ったが、言った本人にもそれが意味するところは、わかっていなかったかもしれない。年上の連中が話しているのを聞いて、自分なりに想像を加えて語った可能性が高そうだ。

「まさに筆おろし」

三之亟の語り口が大仰《おおぎょう》なので爆笑が起きた。

「三太夫には兄弟子が多い」と、太郎松が言った。「しかも、この中でただ一人元服をすませている。ということは、当然だが筆おろしはすませておるはずだ」

「道場主の息子なので迂闊《うかつ》なことはできないと思うのかもしれませんが、だれからも一向に声は掛かりません」

「いや、時間の問題だろう。師匠の倅《せがれ》を男にしてやろうと思う者が、どの世界にもいるからな」

「甘いなあ、太郎松は。三太夫はすました顔をしておるが、声を掛けられるたびに初めてでござるって顔をして出掛けておるのだよ。すでに何度も連れて行ってもろうて、いい思いをしているはずだ。生真面目《きまじめ》そうな顔に騙《だま》されてはならぬぞ」

太郎松の粘りっこい言い方からすると、本人は案外そう思っているのかもしれなかった。何人もが三太夫を見たが、鶴松が含み笑いをしながら言った。

「ところで、三太夫。諱はなんと記されていたのだ」

言われてだれもが苦笑したのは、すっかり横道に迷いこんでいたのに気付いたからである。

「諱はですね、烏帽子親と父親、そして本人しか知りませんし、人に明かしてはならぬそうです。そのかわり烏帽子親から通称が伝えられますが、わたしの場合は三太夫でした。御中老がこのように言われたのですよ。加冠の儀を、滞《とどこお》りなく終えることができ申した。なお、烏帽子子の通称は三太夫である、とね」

讃岐は念入りに、右手の人差し指で空中に三太夫と書いたのであった。

「通称も烏帽子親が考えるのか」

千足がそう言うと全員が三太夫を見たが、だれの思いもおなじということだろう。

「わたしの場合は、父と御中老が相談して決めたのだと思われます」

「父親の源太夫から太夫を取って三太夫としたのだろうが、三はどういう意味か訊いたのか」

「いえ。なるほど三太夫なのか、と思っただけで」

言った瞬間に、三は母親みつの字を変えて当て嵌《は》めたにちがいない、と三太夫は確信した。佐一郎《さいちろう》が父修一郎《しゅういちろう》の一郎と母布佐《ふさ》の佐を組みあわせ、名付けられたことを思い出したからである。
「三太夫の父上は、江戸勤番のおり一刀流の椿《つばき》道場で研鑽《けんさん》されたと聞いておる
が」
主税に言われて三太夫はうなずいた。
「居合術の田宮《たみや》道場でも学んだそうですが、それがなにか」
「改まって言われると返答に窮《きゅう》するが、園瀬《そのせ》に妻を残し、花のお江戸に出たの
だ。剣の腕が立ち、背丈もあれば苦み走った男らしい顔の持ち主である。江戸の
女が放っておくとは思えぬ。惚れたか惚れられたかは知らんが、そういう女に三
絡み、あるいは三に関係のある女がいてふしぎはない。ふと、かつて馴染《なじ》んだ女
の名を思い出し、不肖《ふしょう》の倅の通称に三を入れた。な、筋が通っておるであろう」
「なにかのおりに父に訊いておきますよ、主税どのがこのように申されておりま
したが、わたしもぜひ知りとうございます、と」
「待てよ、冗談だとわかっておろうが」と、主税があわてて言った。「園瀬一の
剣士を敵に廻したくないからな。三太夫の唯一《ゆいいつ》の欠点は生真面目、いや真面目す
ぎることだぞ」
「そこで、式が終わったことを」

「おっと、不意に切り換えんでくれ。心の準備ができとらんではないか」

「理髪の役を務めた家士が襖を開けて、母や妹に告げました」

幸司改め三太夫、父親の源太夫と母親のみつが、元服式を執《と》りおこなった讃岐と三人の家士に、丁重に礼を述べた。横に控えた花もいっしょに頭をさげる。

すぐに膳部が運ばれたが、銚子《ちょうし》と盃《さかずき》も添えられていた。

「烏帽子親と烏帽子子の、固めの盃を交わすことになっております」

式が終わったこともあり、気持が一気に楽になった。

「おめでとう、三太夫。これで一人前の男となったのだ」と、讃岐は銚子を取ってうながした。「さあ、受けてくれ」

「謹《つつし》んでお受け致します」

両手で戴いた盃を口に運び、唇《くちびる》を付け、含んだのであった。

「と言うことでわたしの場合は終わったのですが、みなさんの場合はもっと複雑かもしれませんので、どうかお含みあれ」

「おいおい、脅《おど》かすなよ」

そんなやりとりがあり、以後も稽古仲間の元服を巡る問いと、それに対する三太夫の返答が繰り返された。

昼ご飯の用意ができたと家士が報《しら》せに来るまで雑談は続き、稽古着に着替えておりながら、結局その日は竹刀を交えることなく終わったのである。

三

大濠《おおほり》に架けられた大橋を渡ると、国家老新野平左衛門《あらたのへいざえもん》をはじめ老職の屋敷が並んでいる。

道は複雑に折れ曲がるが、どこまでも築地塀《ついじべい》が続いていた。屋敷内の樹木はよく手入れされ、処々で小鳥がさえずっている。昼下がりだが人通りはなく、閑散《かんさん》としていた。

甍《いらか》が並ぶ武家屋敷の背後は城山となっている。

山はそれほど高くはないが、本丸の南西角には急勾配《こうばい》の石垣上に天守閣が聳《そび》えて威容を誇っていた。本丸から東に一段下がって二の丸、さらに一段下がった南西側に三の丸、そして西の丸との配置であった。

松並千足の父親は、藩主側近筆頭の年寄役である。家老補佐役で中老格、家老の下で裁許奉行の上という要職であった。三の丸に近い屋敷の門には、左右に耳門《くぐり》が設けられている。

名を告げると、門番は三太夫が提《さ》げた籠《かご》に目を遣って、納得したようにうなずいた。布で覆《おお》いを掛けているが、軍鶏《しゃも》を運ぶためのものだとわかったのだろう。

鶴松と五人の学友は、鶏合わせ（闘鶏）と若鶏の味見（稽古試合）を見学するため、岩倉道場に来たことがある。軍鶏の敏捷《びんしょう》で多彩な闘い振りを見、源太夫の話を聞いて、武芸に通じることを痛感したらしい。だれもが軍鶏の魅力に囚《とら》われ、飼いたいと言い出した。

源太夫は鶏舎に連れて行くと、十八羽いた雄《おす》の若鶏から気に入ったのを選ばせ、気前よく与えた。

中には家族の反対もあったようだが、鶴松が飼うと知るとすぐに許可されたとのことだ。もともとが息子の将来の出世を願い、さまざまな伝手《つて》を使って鶴松の学友に送りこんだのである。鶴松が飼うと言っただけで、それならばと許されたらしい。

鶴松たちは好みの若鶏を選んだものの、持ち帰る訳にはいかなかった。鶏小屋を用意しなければならなかったし、飼育のための準備がなにかとあるからだ。

もっとも世話をするのは鶴松や学友ではなく、かれらの若党か下男ということになる。三太夫は餌《えさ》やその与え方、世話についてのあれこれ、日光浴や水浴の重要性、糞《ふん》の処理の仕方などを箇条書きにして渡しておいた。

鶏小屋が完成し、唐丸籠《とうまるかご》や餌の用意ができると、三太夫はそれぞれの屋敷に軍鶏を運びこんだのである。そのとき世話係に、念のため飼育についての注意点を繰り返しておいた。

源太夫は藩士や近隣の軍鶏好きを集めて、月に二、三度は屋敷の庭で鶏合わせの会を開いている。そこに鶴松たち老職の息子が頻繁《ひんぱん》に顔を見せることになれば、よくない噂《うわさ》が立つ恐れがあった。それにまだ若鶏ということもあるので、取り敢《あ》えずは月に一度、学友たちだけで味見の会を開くことにしたそうだ。

毎回のように鶴松の屋敷に軍鶏を連れた連中が集まれば噂になりかねないので、持ち廻りで順に屋敷を巡ることにしたそうである。万が一のことを考えてではあろうが、家の格もあるのでなにかと気を遣《つか》わなくてはならないらしい。

第一回の集まりは鶴松の屋敷でおこなわれたが、三太夫は鶴松にぜひ立ちあってもらいたいと頼まれた。

鶏合わせと味見をそれぞれ一度見たぐらいでは、とてもわかったとは思えない。どうしていいか迷って、戸惑《とまど》うだろうことは目に見えていた。もちろん了承したが、請《こ》われなくても三太夫は出掛けるつもりでいたのである。

岩倉屋敷での鶏合わせでは、筵《むしろ》二枚を縦に繋《つな》いだものを丸めて土俵にしていた。しかし軍鶏は顔を突きあわせると、たちまち喧嘩《けんか》を始めるので、土俵はなくても差し支《つか》えない。

また軍鶏は汗を掻《か》かないため体温をさげられないので、鶏合わせのまえに口を開けて咽喉《のど》に水を流しこむ。さらには口に含んだ水を頭や頸《くび》に霧状に吹き付けて、あらかじめ体温をさげておくのである。だが味見は長く闘わせる訳ではないので、その必要もなかった。

鶏合わせには、四半刻《しはんとき》（約三〇分）で燃え尽きる線香を用いる。一本か一本半、あるいは二本などと、線香の本数で勝負時間を決めていた。味見は時間が短いので線香は不要である。

ただし怪我《けが》をした場合の、血を拭《ふ》き傷口を縛る布や紐は用意しなければならない。

鶴松の屋敷での最初の味見の会で、三太夫はそのようなことを、学友たちだけでなく世話をする若党や下男に説明した。

籠から出した若鶏を、背後から左右の手で翼を中心に包みこむようにすれば、抵抗せずに、されたままになる。闘わせるまえに、両手で摑んだ若鶏の顔を突きあわせるようにして敵愾心《てきがいしん》を煽《あお》り、それから静かに地面に降ろしてそっと手を離すことなどを、懇切丁寧《こんせつていねい》に教えたのである。

「みなさん、どうかご自分の軍鶏をほかの方のと、まちがえないようにしてください」

三太夫がそう言うと、そんな愚かなと思ったらしく、かれらはドッと笑い声をあげた。

「太郎松どのの軍鶏は、銀笹あるいは白笹と言います。白い毛に青みを帯びた緑色の羽が混じった色なのでわかりやすいですが、ほかの方の若鶏はどれも猩々《しょうじょう》茶《ちゃ》と言って、赤み掛かった褐色《かっしょく》です。軍鶏の羽根色は七、八割が猩々茶ですから、まちがえぬように注意してくださいますように。色の濃い薄いや、体の大小などで見分けられるとお思いでしょうが、目まぐるしく入れ替わって闘い続けますから、わからなくなってしまうかもしれません」

「そんな馬鹿な」と、目黒三之亟が鼻で笑った。「毎朝、餌と水を与えて世話しているのだぞ。まちがう訳がない」

世話は若党か下男がやっているのでしょう、と言いたくなるが笑ってすませた。

　ところがその三之亟が、味見を終えた若軍鶏を家来の若党が捕らえると、「それじゃなくて、そっちだろう」と言ったのである。相手の軍鶏の飼い主は仙田太作であった。

「冗談じゃない。それはおれのだ」

　太作がそういうと三之亟は首を振った。

「いや、おれのだ」

「顔を見ればわかる。三之亟のはそっちだ」

「ふざけるな。軍鶏の顔なんて、どれもおなじではないか」

　ほかの学友たちは言いあいを止めさせようとしないし、どちらかに加勢もせず、ただ笑いながら見ている。ムキになるさまが子供っぽく、おもしろくてならないらしい。

　太作が三太夫をチラリと見た。目が「わかってるのだから、言ってくれよ」と訴えている。三太夫は微かな笑いを浮かべて、三之亟にわからぬように目配せした。

　動きが速すぎて見誤ったのかもしれないし、断言したため引っこみが付かなくなったことも考えられた。三之亟が自分のだと言い張った太作の軍鶏より、本来の軍鶏のほうが能力を秘めていると三太夫の目には映ったのである。であれば取り換えたほうが、太作にすれば得であった。

「わかったよ。それはおまえのだ」

太作は目配せの意味を理解したようである。

「だから言ったではないか」

自分の言い分が認められたからだろう、三之亟は得意満面であった。だがかれの若党は顔を歪《ゆが》めていた。ちがうとわかってはいても自分の主人に恥を掻かせるので、言うに言えなかったのだろう。

三太夫はそれとなく提案した。

「太郎松どのの銀笹以外はすべて猩々茶です。おなじ色の場合まちがえるかもしれませんので、次回からは脚に白い糸と赤い糸を縛るようにしてはいかがか」

「いらぬとは思うが、やるならどちらかに結べばいいだろう」と、鶴松が言った。「自分の軍鶏に結んだかどうかを、忘れるやつはいないだろうからな。うん？　そうとも言い切れぬか」

含み笑いをしながら三之亟を見たのは、鶴松には先ほどの思いちがいがわかっているということだ。

味見なので長い時間は闘わせない。

線香は燃やさなかったが、三分の一（約一〇分）かせいぜい半分（約一五分）の見当で終わらせた。じっくり闘わせるよりも、いろいろな相手がいて攻めや守りに多くの型があることを、若鶏に憶えさせるのが目的だからである。

そのため土俵、水、土瓶などの容器、線香と線香立て、火種は不要であった。

鶴松を含めて六人なので、まず三組を抽選で決めて、あとは次々と相手を変えて闘わせたのであった。

四

そして今日、三太夫は籠に一羽の若軍鶏を入れて千足の屋敷を訪れたのである。

現在、岩倉家の鶏小屋にいる軍鶏のうち、若鶏は次のようになっていた。

五羽の雌鶏《めんどり》の卵から孵《かえ》った雛は四十六羽で、うち雄鶏《おんどり》は二十四羽であった。明らかに闘鶏用に不向きなのを処分して、残ったのは十八羽である。鶴松と学友が六羽を飼育することになって十二羽となったが、その後さらに間引いたので七羽しか残っていなかった。このあとさらなる選別が待っている。

将来、卵を産ませるための雌鶏の雛は十羽を残してあった。

多くの生き物がそうであるが、雄鶏は母親と母の父、つまり祖父の血を、雌鶏は父親か父の母、ということは祖母の血だが、それを濃く受けることが多い。ゆえに残すという点では、雄鶏の雛とおなじくらい慎重にならねばならなかった。その雌鶏も、ようすを見ながら精選して、最終的に一、二羽を残せるかどうかである。

胸が分厚く、脚が太くて長いのに翼が短いため、軍鶏の雌鶏は卵を温めて孵すことが得意ではない。そのため卵を産ませるためだけに飼っていた。抱卵して雛を孵す役目は、体はちいさくて脚は短いが、翼のおおきな矮鶏《ちゃぼ》の役目であった。でなければ太物問屋《ふとものどんや》の隠居惣兵衛《そうべえ》のように、孵卵器《ふらんき》を造らねばならない。

残す雌鶏の決め方は、概《おおむ》ね次のようになっている。

体格がよくて眼光が鋭いこと。三枚鱗《うろこ》であること。正面から見て足の下半分を覆う鱗が、三列に並んだものを三枚鱗と呼ぶ。体の均衡《きんこう》が取れているからこそ、美麗な三列に並ぶのだ。

そして胡桃鶏冠《くるみざか》と言って、硬くて小さな鶏冠《とさか》のものを残す。軍鶏は鋭い嘴《くちばし》で鶏冠を銜《くわ》えて振り廻そうとする。相手に強烈な、ときとして致命的な打撃を与えられるからだ。硬くてちいさな鶏冠ほど攻められにくい。因《ちな》みに鶏の場合はおおきくてやわらかく、ベロンとしている。

軍鶏を持ち出すので父の源太夫に断ったが、どの一羽を選んでも鶴松たちの若鶏のどれかと同胎《どうはら》であった。

両親の双方あるいはどちらかの血が、濃く出ることが多いのは当然だろう。ところがふしぎなのは、雌の雛選びでも触れたが、父方や母方のさらにその親の血、場合によってはもっとまえの血が不意に現れることだ。しかも、いつ、どのように現れるかはわからない。そのためおなじ雌鶏から、まったく異質な兄弟が出現することさえあった。

とは言っても、その日に三太夫が持参した若鶏が特別な能力を秘めているかというと、そうとは言い切れない。鶴松や学友の軍鶏とは、団栗《どんぐり》の背比べというところだろう。

ただし顕著《けんちょ》な、一目見てわかる特異な点がある。その軍鶏を見て、稽古仲間がなんと言うかが楽しみであった。

門番に言われたとおり、巨大な緋鯉《ひごい》や真鯉《まごい》が悠々と泳ぐ池泉《ちせん》を横に見ながら、三太夫は庭を抜けて屋敷の横手に廻った。

「三太夫。来てくれたのか」

そう言ったのは千足であったが、ほかに鶴松と主税の顔も見えた。三之亟と太郎松、そして太作もほどなく現れるだろう。

「しかも軍鶏を持参ときた」

「みなさまのだけですと、おなじ顔触れになりますからね」

「毛色のちがったのを連れて来たか。見せてくれ」

「みなさまがそろってからが、よろしいのではないですか」

「よいではないか。遅れるやつが悪いのだ」

千足の軍鶏は鶏小屋から出して唐丸籠に移されていたが、鶴松と主税のは持ち運び用の籠に入れられたままである。覆いの布は取ってあったので軍鶏たちは早くも睨《にら》みあい、籠から出ようとしてしきりともがいていた。

うながされた三太夫が覆いを取ると、「おッ」という声が漏《も》れた。

「これなら、まちがう者はおるまい」

千足がそう言ったので笑いが漏れた。

「まさしく毛色がちがっておる」

その若鶏は、全身が漆黒《しっこく》の羽毛で被われていたのである。

翼や羽毛が黒色、あるいは黒が混じった軍鶏は烏《からす》と称される。それにしても赤や緑、紫などの色からなる蓑毛《みのげ》以外は、ほぼ真っ黒というのは珍しい。蓑毛は頸を被う細くて長い毛だが、金属光沢《こうたく》を放って鮮やかであった。

「しばらく見ぬ間に、随分と逞《たくま》しくなったな」

そう言ったのは、しげしげと見ていた鶴松であった。

「憶えておいででしたか」

「忘れる訳がなかろう」と、鶴松は自分の軍鶏を一瞥《いちべつ》した。「どちらにしようかと、あのとき大いに迷ったからな。やはり、こっちにすればよかったか」

「いいえ。いいほうを選ばれました」と、三太夫は断言した。「久し振りにご覧になったので、変わりように驚かれたのでしょう。お持ちの軍鶏も日々成長していますが、毎日見ておられますので、変化していても気付かれないのではないですか」

主税が納得したようにうなずいた。

「弟はまったく子供のままだが、久し振りに会った親類の子はすっかり大人びていて、驚かされたものなあ」

「主税さまのおっしゃるとおりで、毎日見ているから気が付かないのです。それにしても黒は目立ちますね。これで強ければ文句ないと言いたくなるほどの、見た目は名鶏ですけれど」

「若鶏は日々変わるし、見た目の名鶏もいるということか」と、鶴松が言った。

「それにしても前回の、三之亟の勘ちがいは痛快であったな」

「全員が一羽ずつ譲ってもらったときに、源太夫どのの申されたとおりだ」と、主税が言った。「まさに鶏合わせは武芸に通じるということだよ。あれを見まちがえるのだから、三之亟が強くなれないのは自明の理だ」

「太作はちゃんと見ておったのだろう。そっちが自分の軍鶏だと言い張ったからな。すると妙だ」

千足が首を傾げると主税が言った。

「なにが」

「あの折の軍鶏の動きが見えていたのなら、太作はもう少し強くなってもよい」

「それもそうだ」

太作はどうしても、学友たちから軽く見られる傾向にあった。

「見る力は備わっていながら、今はまだ体力がそれに応じられないのではないですか。ある日、別人のように強くなるかもしれませんよ。軍鶏にもごく稀《まれ》にですがそういうことがあって、化《ば》けると言います」

「三太夫は、なにからなにまで軍鶏が規準なんだな」

「わたしは多くの軍鶏を見てきましたが、なぜか人のことを考えさせられることが多いですね」

「たとえば」

鶴松が身を乗り出したのは、人と軍鶏を同列に扱ったので、強い興味を抱いたからにちがいない。

「三竦《さんすく》みという言葉がありますが」

「蛇《へび》は蛙《かえる》に勝ち、蛙は蛞蝓《なめくじ》に勝ち、蛞蝓は蛇に勝つ。そのため三者が出会うと、どれもが身動きできなくなってしまうというあれだな」

「はい。それは虫拳《むしけん》ですね。よく似たのに狐《きつね》拳《けん》というのもあります。狐は猟師に鉄砲で撃たれ、猟師は依頼主の庄屋には勝てず、庄屋は狐に化《ば》かされる」

「諺《ことわざ》か」と、言ったのは千足である。「諺にはむりに作ったような、変なのがあるからな」

「変なと言うと」

「蛇は蛙を喰うし、蛙は蛞蝓を呑《の》んでしまうが、蛇が蛞蝓なんぞに負ける訳がないではないか。蛞蝓が触れると蛇の体が融《と》けるとか腐るとか言われているが、どうせこじつけだ。猟師が鉄砲で狐を撃ち殺す。猟師が庄屋に勝てないというのは、なにかと理由を付けて狐を安く買い叩かれるからだろう。そんな強《したた》かな庄屋が、簡単に狐に化かされる訳がない」

「それはそうとして」と、鶴松が言った。「三太夫は妙なことを知っておるな」

「亡くなりましたが、権助《ごんすけ》という下男がいました。その権助に教えてもらったのです」

「それで、三竦みと軍鶏にはどういう関係があるのだ」

「軍鶏にも三竦みがあるのですよ。甲《こう》に勝った乙《おつ》が丙《へい》に敗れ、その丙が甲に負かされる。たまたまそうなったというのではなくて、何度か闘わせても、ほとんどそうなるからふしぎでならない」

「すると道場の弟子にも、そういう関係があるということか」

「そうなんです。相性が良い悪いなどと言われますが、軍鶏にも人にも得手不得手《えてふえ》があるのでしょうね」

鶴松が噴き出した。

「まったく三太夫にかかると、軍鶏も人もおなじ扱いになってしまう」

言われてなるほどと、三太夫も笑うしかない。

「亀吉《かめきち》のせいかもしれません」

「亀吉というのは、軍鶏の世話をしている下男だな」

「あの男は、軍鶏を人より上に見ているのです。そう言えば権助もそうだった」

「三太夫が来ておったか」

その声のぬしは、建物の角を曲がって来た三之亟であった。籠を提げた若党が従っている。

「しかも軍鶏を持って来たとはな」と、言いながら籠の若鶏を見た。「その黒いのは、あのとき見せてもろうた一羽ではないのか。随分と良い軍鶏になった。うーん、選びそこなったか」

鶴松たちが一斉《いっせい》に笑ったので、三之亟は気分を害したらしくそちらを睨んだ。この若者は激情的で、短気なところがあった。

「鶴松さまがそう言われたばかりなんですよ、そっちにすればよかったかな、と」

「そういうことか」

たちまち三之亟は機嫌《きげん》を直した。

「三之亟は、その黒いのにしとけばよかったのだ」

主税がそう言うと、千足がおおきくうなずいた。

「そうすりゃ太作と、自分の軍鶏だと言い争いをせずにすんだからな」

三之亟は厭《いや》な顔をした。

若党や下男を伴わず、一人で来たのは三太夫だけである。

三之亟の若党は籠を地面に置くと、さりげなく鶴松や千足の下僕の所に行って話し始めていた。軍鶏のことで共通の悩みや世話の仕方、あるいは手抜きの方法などを教えあっているのかもしれなかった。

千足の言葉に、偶然だろうが若党たちが笑いを漏らした。三之亟がさらに不快な顔をしたのは、勘ちがいで太作の軍鶏とまちがえたと、自分でも思っているからかもしれなかった。

「おッ、そろってるな」

間がいいのか悪いのか、そこに顔を出したのが太作である。

「噂をすれば影、とやらだ」

鶴松の言葉に透《す》かさず太作が言った。

「やはり、わたしの噂に花が咲いておりましたか。人気者は辛《つら》いなあ」

「駄作、ではなかった」と、主税がわざとらしく言い直した。「太作こそ烏を選ぶべきだったのだよ」

「なんのことだ」

言いながら太作は、三太夫が持参した籠の軍鶏に気付いた。

「この若鶏は、だれかが手に入れたということか」

「三太夫が持って来たのだ」と、主税が説明した。「太作の例の、問題になった猩々茶と闘わせるためにな。それより、気付かぬか」

「なにを」

「やはり憶えていないようだな」

「源太夫どのがわれらに好きな若鶏を選んでいいと言ったときの、そのうちの一羽であろう」

「わかっていたか。すると太作も迷ったということだな」

「少しだが」

「こりゃ、妙だ」

「なにが」

「何人もがこいつにすべきかどうかで迷いながら、ほかの若鶏を選んだのだ。となるとこいつには、選ばれなかったなんらかの理由があるのではないのか。みんながなぜ選ばなかったかを知りたいな、拙者《せっしゃ》としては大いに関心がある」

主税の言うとおりだと三太夫は思った。何人もが興味を持ったのに、最終的にはだれ一人として選ばなかったのである。それなりの理由があると考えるのは、当然ではないだろうか。

まてよ、と三太夫は思った。

雛や若鶏を選ぶとき、だれもがまず眼光の鋭いものに着目する。覇気が、闘志が目に出ると思うからだ。

それは人にしてもおなじだろう。虚《うつ》ろな、視点の定まらぬ、落ち着きのない目をした者が、優れた腕を持つことはない。

人も軍鶏も生き物である以上、本質が変わることはないはずだ。だから四囲を睥睨《へいげい》する強烈さを秘めた目、鋭い眼光の者が強いことはまずまちがいがない。

だが極めて稀にだが、そうでない者がいなくもない。虚ろだとか落ち着きがないと言うのではなくて、心の裡《うち》がまるで表情とか目に出ないのである。しかし闘志に欠けている訳ではない。

　内面が表に出ないというより、むしろ出さないのだ。

　そのため見た目は静謐《せいひつ》である。まさに明鏡《めいきょう》止水《しすい》のごとし、であった。

　目のまえの鳥はもしかすると、と思わずにいられない。同時にこうも思う。百戦錬磨《れんま》の末にその境地に達した古強者《ふるつわもの》ならともかく、味見を何度か経験しただけの若鶏に、そんな真似《まね》ができる訳がないではないか、と。

　しかしなにかを見逃しているのではないのか、見落としているかもしれないと、そうも思うのであった。

「それより、若軍鶏には名を付けないのか」と、鶴松が三太夫に訊いた。「以前、鶏合わせを見せてもろうたときに、軍鶏には名が付けられていたはずだ」

「父は江戸勤番のおりに、ある大身《たいしん》の御旗本のお屋敷で初めて鶏合わせを見たそうです。そのころには、よほど強いか印象的な闘い方をする軍鶏にだけ、渾名が付けられていたそうでしてね」

「名ではなく渾名か」

「父が秘剣と言われる『蹴殺《けころ》し』を編み出したのは、イカズチと渾名された軍鶏の闘い振りを見てとのことでした」

「イカズチ、となーー」

「はい、雷ですね。なにしろ一撃で相手を倒したそうですから」

「だが、このまえの鶏合わせの会では、渾名ではなくて軍鶏それぞれが固有の名で呼ばれていたぞ」

「父は鶏合わせの会を開催するに当たり、記録を執ることにしましたから」

「どういう理由でだ」

「記録が少なくてはどうにもなりませんが、かなりの量が溜《た》まればとんでもない発見ができるかもしれません。ただ鶏合わせを見ているだけではわからない傾向とか、気付かない部分があるのではないかと。番《つが》わせ方、つまり雄鶏と雌鶏の掛けあわせ方ですね。それから稽古試合の進め方とか、ほかにも思いもしなかったことがわかるかもしれない。それを極めれば、強い軍鶏を育てられると考えたようです」

「なるほど、そういうことか。軍鶏侍《しゃもざむらい》の異名で呼ばれただけのことはあるな」

言ったまま、鶴松は腕を組んで虚空《こくう》を睨んでいる。

「そのため対戦日時、軍鶏と飼い主の名、そして勝負の経過と結果を、記録するようにしたそうです」

「であればわれらも、岩倉道場の会に出せるようになるまでに名を決めておこう」

三太夫はふと思い付いて訊いてみた。

「鶴松さまはあの日の鶏合わせをご覧になられて、記憶に残った軍鶏がございますか」

「飼い主は松井《まつい》どのと言ったかな。その軍鶏の雅楽《うた》桜《ざくら》、あの闘い振りは忘れられん」

即答したので三太夫は驚いた。

「はい、あれは見事でした」

「二人だけでわかってないで、教えてくれないか。おれは憶えとらんのだ」

三之亟が首を傾げたので、主税が呆《あき》れたやつだという顔をした。

「忘れたのか。いっしょに見たはずだぞ」

「雅楽桜は小柄な軍鶏でしてね」と、三太夫はおだやかに説明した。「となれば体力的に、持続戦では非常に不利になります。ですので冷静に敵を観察して、一瞬の隙《すき》を衝《つ》いて最大の弱点を攻め、相手を翻弄《ほんろう》したのです。人にしてもそうですが、自分に欠けたところがあれば、長《た》けたところで補います。いや補う以上のことをして、敵を打破するのです」

「ひと言で言えば、頭がいいと言うことか」

「飼い主とおなじではないですかね」

とは言ったものの、三太夫は松井 某《なにがし》と話したことはなかった。

ただ愛鶏に雅楽桜と名付けるからには、並外れて桜が好きなのだろうとの見当は付く。あるいは琵琶《びわ》や尺八、胡弓《こきゅう》を奏するとか、謡《うたい》を趣味としているのかもしれない。

桜が好きで楽器を奏でる男となると優雅で洒落《しゃれ》ているが、三太夫は松井と呼ばれた男の顔を思い出せなかったのである。物静かでおだやかだったという印象だけが、なぜか残っていた。

五

「それでは全員がそろったので、始めるとしよう」と、当番の千足が言った。

「やはり抽選がいいかな。源太夫どのは抽選で決めていたはずだ」

「父のやっている会は参会者が多く、軍鶏もたくさんいましたからね。混乱を避けるためそうしていましたが、ここでは数がかぎられているので、変化を付けながら進めるといいのではないですか」

「なんと言っても、筆頭は三之亟と太作の軍鶏の一騎討ちだろうよ」と、主税がほかの者に同意を求めた。「あの因縁《いんねん》試合に、ケリを着けねばなるまい」

直《ただ》ちにそれぞれの従者が籠を持ち寄って、二間《けん》（約三・六メートル）ばかり離れた場所で若鶏を取り出した。三太夫が言ったとおり、左右の掌《てのひら》で翼を中心に包むようにして抱きあげる。

闘いのときが来たのを知ったからだろう、二羽とも頸を突き出し、爪を一杯に開いてしきりと足搔《あが》いた。

「ちょっと待て」

千足が目顔で合図すると、言われていたからだろう若党が懐から細紐を取り出した。

「どっちにしまひょうで」

「三之亟の軍鶏に。ちゃんと結べよ。長すぎるとか、だらしなく結ぶと、勝負中に爪を引っ掛けてしまうからな」

軍鶏の脚は上半分が羽毛に、下半分が鱗に被われている。若党はその境目の少し下に、紐を短く結んだ。

「よかろう。始めてくれ」

三之亟と太作の若党は、岩倉道場の庭での鶏合わせを見ていたからだろう、両手でしっかりと摑んだ軍鶏の顔を、突きあわせるようにしてけしかけた。軍鶏が足掻きを一層激しくする。

何度かそうやって若軍鶏を煽り、興奮させてから、二人は同時に地面におろした。

若党の手が離れるなり、二羽は地を蹴って跳びあがった。火消しが纏《まとい》を振り廻しでもしたごとく、頸の蓑毛が馬簾《ばれん》のようにふわりと持ちあがる。

軍鶏は頸と爪を一杯に開いた脚を突き出し、体を「く」の字に折り曲げて体を激しくぶつけあった。羽毛が飛び散る。

いくらか高く跳びあがったのは太作の、つまり元の三之亟の軍鶏である。ほんのわずかにすぎないが、勝負ではそれだけでもかなり有利であった。

嘴で突き、脚で蹴り、鋭い爪を相手の胸に突き立て顔を摑もうとする。そうしながら翼を半ば拡げたり頸を振ったりして、均衡を崩さないように体の重心を保つのである。

同時に着地したと思ったときには、二羽は次の跳躍《ちょうやく》に入っていた。

太作の軍鶏は頭一つ以上、相手より高く跳んだ。前回闘った相手なので、動きが予測できたからだろう。それだけ利口《りこう》であり、体験を攻守に活《い》かせる身体能力を有していた、ということでもある。

高く跳んだ太作の軍鶏は体重を乗せながら、短くて硬い嘴を敵の頭部に叩き付けた。それがいかに強烈であったかは、着地した三之亟の軍鶏が、棒立ちになったのを見ただけでわかる。狼狽《ろうばい》のあまり、動くことすらできなかったのだ。

「勝負あった」

三太夫は素速く体を差し入れて二羽を隔《へだ》てた。

それ以上闘おうとしないのは、双方が勝ちと負けを認めたからであった。勝敗が決すると、勝者は敗者を攻撃しない。軍鶏は実に潔《いさぎよ》いのである。

気が短くてすぐに相手に突っ掛かる三之亟も、さすがに負けを認めない訳にいかなかったようだ。軍鶏に対してかあるいは自分に対してかはわからないが、憤《いきどお》りを抑《おさ》えきれないらしく、耳まで赤くして口惜《くや》しさを押し殺しているようであった。

太作の軍鶏は胸を張り、傲然《ごうぜん》と突っ立っている。三太夫には軍鶏が、前回の試合でまちがえた元のあるじ、つまり自分の能力を見抜けなかった三之亟に、「それ見たか」と言っているような気がした。

それぞれの若党が、両手で閉じた翼を包みこむようにして軍鶏を籠に移した。結果として、最大の山場が幕開けに来てしまったことになる。若鶏の味見は、攻守の持ち味がちがった若鶏同士を対決させることにあった。そのため勝敗が着くまで闘わせることはないが、味見としては珍しく勝負が決してしまったのである。

それだけではなかった。二度目の闘いで軍鶏がどれほどの変化を見せるか、経験からいかに多くを学びそれを次の闘いに活かすかを、鶴松と学友たちは見せ付けられたのだ。

以後は三太夫の連れて来た鳥をも含め、いろいろな組み合わせで味見がおこなわれた。しかし手ひどい敗北を喫した三之亟の若鶏は、三太夫の助言により休ませた。さらなる打撃を受けると、再起不能に陥《おちい》ることがあるからだ。

だれもが寡黙《かもく》であった。手や指、さらには目で遣り取りをして、粛々《しゆくしゆく》と言っていいほど沈着に勝負を進めたのである。

味見は終わったが、なにかと考えさせられたという意味で、実に有意義なひとときとなった。

傷付いた軍鶏の手当てや世話など、あとは若党や下男に任せて、鶴松と学友たちは座敷にあがって休んだ。

茶と菓子が供された。

菓子を手に取って口に含み、ゆっくりと味わう。そして茶を飲んだ。

「まさに、源太夫どのが申されたとおりであったな」と、かなりの沈黙のあとでしみじみと言ったのは鶴松である。「どの若鶏も、ただがむしゃらに闘っているだけではないのだ」

「ああ、あそこまで前回の勝負のことを憶えていて、それを自分の攻めや守りに活かすとは、思ってもいなかったものな」

主税の言葉に太作はうなずいた。

「われわれは見て楽しんでいるだけだが、軍鶏にすれば死闘だ。事と次第では命に関わるのだから、必死にならざるを得ない。使えると思や、なんだって採り入れるさ」

「太作も軍鶏を見習わなければな」

これまでなら、その手の皮肉は三之亟と決まっていたが、言ったのは太郎松である。三之亟は、先ほどの屈辱《くつじょく》的な敗北が骨身に沁《し》みて、皮肉るどころではなかったのだろう。

三太夫にすれば、この日の味見はまさに特筆すべきものであった。父のもとで数多《あまた》の鶏合わせや味見を見て、なんとなく想い描いていたことではあったが、これほど強烈に感じたことはなかったのである。

三之亟の頑固《がんこ》さのため途中で入れ替わりはしたものの、二回に及んだ二羽の闘いほど、三太夫の思いや感じていたことを凝縮《ぎょうしゅく》した勝負はなかった。

「いい勝負を見た。いや、見せてもらった」

三太夫はしみじみとそう言った。

「軍鶏が、鶏合わせがこれほどまでに奥の深いものだとは、思いもしなかったが」と、言ったのは鶴松である。「となると、もっともっと、見て、見極めたいものだ」

「まさか、秘剣を編み出したい、などと言うのではないだろうな」

そうは言ったが、千足の語調には少しの揶揄《やゆ》も含まれていなかった。むしろ真剣で、鶴松に同調しているのが強く感じられた。

三太夫にしても思いはおなじであった。このとき初めて、自分なりの秘剣を編み出したいものだと心底《しんそこ》から思ったのである。

「秘剣は、簡単に編み出せるものではないと思います。だからといって、諦《あきら》めるのは早計かもしれません」

「しかし、源太夫どの以外に編み出した者はいない。そう言っただろう」

主税に問われ三太夫は首肯《しゅこう》した。

「言いました。そうとしか思えませんでしたから」

「思えませんでしたということは、今はそうでもないということだと取っていいのだな」

「実はたった一人ですが、父の秘剣『蹴殺し』に対し、やはり鶏合わせから編み出した技で闘いを挑んだ剣術遣いがいたのです。その男も軍鶏の闘い振りを見て、独自の剣捌《けんさば》きを編み出したとのことでした」

「それを知っていながら、なぜ黙っておったのだ」

次第に詰問《きつもん》調になるのは、主税がそれだけ真剣だからだろう。

「話すだけの価値がないと思ったからです」

「それは三太夫の判断であって」

「そうかもしれません。物事には正負がありますが、その男の剣は負でしかなかったのです。負が正に勝てる道理がありませんから」

「軽々にそう断言すべきではないだろう。それに正負とか正邪との判断は、なにを根拠にして、だれがくだすのだ」

「わたしにはわかりかねますが、父はその男を倒しました」

一瞬の間があった。

「どんな剣なのだ」

それ以上は我慢できぬというふうに、口を挟んだのは千足であった。

「男の飼っていた軍鶏の名は、黄金丸《こがねまる》だったそうです」

「黄金丸だと。おれは軍鶏の名なんぞではなく、どんな剣かと訊いたのだぞ」

三太夫はかまうことなく続けた。

「猩々茶ですが、とても薄くて明るい色なので、陽の光を浴びると金色《こんじき》に輝いたそうです」

「それで黄金丸か」

「男はひらすら黄金丸の闘い方を見、見続けて秘剣を編み出したとのことです」

フーッとおおきな溜息《ためいき》が漏れた。

「どういう戦法を用いたのだ、その黄金丸とやらは」

千足は剣と闘法に拘《こだわ》っている。三太夫は千足の目を見たまま、ごく静かに、しかし断言した。

「闘わないのです」

またしても間があった。予想もしていない返辞だったのかもしれない。

「闘わないだと。闘わなくて軍鶏と言えるのか。闘わずば軍鶏ではあるまい。それに三太夫は、男はひたすら黄金丸が闘うのを見て、と言ったぞ」

「闘うのを、ではなく、闘い方を、と申したのです。黄金丸は闘いませんでした。ひたすら攻めるだけが、闘いではないのかもしれません」

主税が身を乗り出した。

「それは詭弁《きべん》ではないのか。要は勝たねばならぬ。とすりゃ、攻めずに勝てる道理がなかろう」

「そうとも言い切れないと思います」

「奥歯に物が挟まったような言い方であるな」

「黄金丸は勝つために、自分からは攻めないのです。人だけではありませんが、相手にひたすら攻めさせる軍鶏もいるのです。攻撃を躱《かわ》し続けて、敵が疲れ切るのを待ち、とどめの一撃を加えます」

黄金丸の飼い主は、まちがいなく偽名だろうが鳥飼唐輔《とりかいとうすけ》と名乗ったそうだ。

七ツ半（五時）に払暁《ふつぎよう》の並木の馬場で、源太夫は鳥飼と三間（約五・四メートル）の距離を置いて対峙《たいじ》した。源太夫は両手をだらりとさげ、足を肩の幅に開いて膝《ひざ》をわずかに曲げていた。相手のいかなる動きにも対処できる、かれが工夫を重ねた末に得た構え方だ。

鳥飼も源太夫に相似《そうじ》の構えだが、まるで動こうとしない。仕掛ける呼吸を計っているのかと思ったが、そうではなかったようで、双方が動かぬまま四半刻がすぎた。

鳥飼は軍鶏について調べ尽くし、学び尽くしたと言明した。しかし、軍鶏とその闘い振りをいかに研究したとて、軍鶏の本質を見抜いたことにはならない。

源太夫は鳥飼が岩倉道場の庭に来た折、黄金丸を見ている。だが鶏合わせは見ていないので、鳥飼が黄金丸のなにを、どこを見て秘剣を編み出したのかまではわからなかった。

相手は塑像《そぞう》のように動かぬ。源太夫が仕掛けると切り返す、ひたすらその一瞬を待っているにちがいない。ということは、黄金丸の闘法から必殺の攻撃法を編み出したのではないとわかった。

それに対して源太夫の「蹴殺し」は、ある条件のもとでだけ効力を発する技ではない。相手のいかなる攻撃にも対処できるように工夫したものだ。

鳥飼の動きを引き出すために、源太夫は「蹴殺し」で攻め掛かった。突進しながら抜刀《ばっとう》すると、大刀と右腕を地面と水平に一直線に伸ばす、と見せかけて停止したのだ。まえに出る勢いが強烈だったため、相手は後退したと錯覚《さっかく》する。

ねらいどおり鳥飼は誘いに乗ったが、やはり仕掛けを待っていたのである。一瞬の間を隙と取り、一気の攻めに転じたのだ。相手が跳躍して体重を乗せ、両腕で振りおろすよりも早く、源太夫は片腕で突き通した。

切っ先に鳥飼の体はなかった。間一髪で躱したのだ。源太夫の必殺の突きを避けた相手はこれまでいなかったが、辛《かろ》うじて躱しはしたものの、右頬が二寸（約六センチメートル）ほど裂けて血が滴《したた》り落ちた。

鳥飼が動揺するのがわかった。そこに乗じぬ手はない。源太夫は矢継ぎ早に突き、打ちおろし、横に薙《な》ぐ連続技を繰り出した。ひたすらに攻め続けたが、確実な手応えは感じられなかった。

ねらいが読めた源太夫は、静止すると大刀を八双《はっそう》に引き付けて呼吸を整えた。右下手に構えた鳥飼も、おなじように静止したままだが、その呼吸は源太夫以上に荒い。着た物はあちこちが切り裂かれて血が滲《にじ》んでいるが、どれも浅傷《あさで》である。頬だけでなく、手の甲や肩からも血が流れていた。

最初の誘いに対する一撃以後、一度も反撃を受けなかったのは、相手がひたすら躱す戦法に徹していたからだ。こちらが疲弊《ひへい》するのをひたすら待っているのである。そして一瞬の隙をねらい、必殺技を繰り出す気なのだ。

自分が攻撃を再開するのを、鳥飼は待っている。源太夫がまだ、かれの反撃を躱せないほど疲労していないことを知っているから攻めてはこない。こちらが手を出すのを、ひたすら待っているのである。

源太夫は鳥飼の戦法とねらいを読み切った。となれば迷うことはない。八双の構えを上段に移すと、ゆっくりと刀身をさげて正眼《せいがん》とした。続いて柄《つか》を握った左手を外し、鞘《さや》を摑むと静かに大刀を納めた。

鳥飼は目を見開き、続いて細めた。誘いと見たからか、やはり仕掛けてはこなかった。すでに源太夫は相手を吞んでいた。両手を左右に垂らすと、そのまま相手に向かって歩を進めた。

どう考えても無謀である。鳥飼は刀を構えているのに、源太夫は柄に手を掛けてもいないのだ。千載一遇《せんざいいちぐう》の好機到来と、鳥飼は大刀を一気に上段に振りかぶった。

いや、振りかぶろうとすると同時に源太夫は地を蹴って抜刀し、鳥飼が振りおろすより早く斜めに切りあげ、右へおおきく飛んだ。たしかな手応《てごた》えがあった。蹴殺しを確実なものとするための、田宮道場での居合の修練が活きたのである。

源太夫の大刀が相手の咽喉を切り裂いていた。おびただしい血を噴き散らしながら、鳥飼の体は大地で弾んでから動かなくなった。

三太夫が語り終えると、思わずであろうが溜息が漏れた。ややあって口を開いたのは鶴松である。

「まさに負であるな」

三太夫はうなずいた。

「黄金丸はただひたすら堪《こら》え、相手が疲労困憊《こんぱい》するのを待って反撃したのです」

「その黄金丸の闘い振りを見て閃《ひらめ》きを得たのが、鳥飼とやらの限界であったか」

「はい。黄金丸は相手が疲れ切るまで徹底して待ちましたが、そこまでではないとしてもおなじ戦法を取る軍鶏はいます。父はそれを知っていましたから、鳥飼の戦法を見抜けたのでしょう」

「それにしても奥が深いな、軍鶏も鶏合わせもだが」

鶴松がそう言うと、学友たちは真剣な顔でうなずいた。

「軍鶏も鶏合わせもだが、ではなくて」と、思わず三太夫は笑った。「軍鶏も剣技も、でしょう。ですが鶴松さま。軍鶏はあくまでも、文武に励まれたあまりお疲れの、頭と体を休めるための息抜きですから、それをお忘れなきように」

「元服しただけで、人はこうも変わるものであるか」と言った鶴松は、満面が笑みであった。「なあ、みんな。三太夫は親父どのにそっくりになったと思わぬか」

「さよう」と、これは太作である。「口調だけでなく、喋る内容まで源太夫どのにそっくりになった」

それを聞いて含み笑いをし、すぐに声に出して笑ったのは、味見の当番を務めた千足であった。

「なにがおかしい」

鶴松が訊くと、なおも笑いながら千足は言った。

「そうおっしゃる鶴松さまは、御家老にそっくりではありませんか」

「老成するにはいささか早くないか、二人とも」と、三之亟が言った。「なんと言っても、まだ十四歳なんだからな」

十四歳で老成はなかろうと笑いが弾けた。

六

「もしかして、招かれたのはわたし一人でしょうか」

門番に言われた三太夫が屋敷横の庭に廻ると、鶴松は床几《しょうぎ》に腰をおろして書を読んでいた。見れば若い軍鶏を入れた唐丸籠が置かれている。それも一つでなく三つだった。

「たまには二人だけで語ろうと思うてな」

鶴松が唐丸籠に向かおうとしたので、三太夫も自然とそちらに歩を進めた。どうやら新しく手に入れた軍鶏を見せるのも、呼んだ理由の一つらしかった。

松並千足の屋敷での味見の会から、旬日《じゅんじつ》ほどがすぎていた。

朝、年少組の指導を終えたところに、弟子の一人が来客を告げたのである。道場を出ると待っていたのは鶴松の若党で、本日の八ツ（二時）に屋敷までご足労願えないか、とのことであった。

急ぐ用ではないので、都合が悪ければ夜でも明日以降でもかまわぬとのことである。三太夫は今日の八ツで受けた。

三羽のうちの一羽は、源太夫が好きなのをと言ったときに鶴松が選んだ猩々茶であった。しかし、二羽は初めて見る若軍鶏である。一羽は色の濃い猩々茶でもう一羽は銀笹だが、緑色の羽毛が多くないので軍鶏の羽根色にしては白っぽく見えた。二羽とも体格がよく、若鶏らしからぬ悠揚《ゆうよう》迫らざる風格すらあった。

「見事な若鶏でございますね」

思わず言葉が漏れた。

「そうか」

短く言ったが、鶴松は三太夫の反応に満足したようである。いい加減な世辞《せじ》を言わぬことが、わかっているからだろう。

二人がいる庭の西側は生垣となっている。葉の密な檜葉《ひば》を用いたのは、その向こうに建てられた道場で撃ちあう音が漏れて、近隣に迷惑を掛けぬようにとの配慮らしい。

もっとも一帯は老職や高禄藩士の広大な屋敷地なので、そのような気遣いは不要であった。道場は南面だけが開けて、東西と北はさほど高くはないが分厚い檜葉の生垣で、コの字に囲まれている。

どうやら二羽の軍鶏は、手に入れたばかりであるらしい。

道場での稽古は続けているが、このまえ来たときには一羽しかいなかったはずだ。入手していれば、鶴松のことだから学友たちに披露《ひろう》したはずである。でなくてもだれかが気付いただろう。

「親父どのには内緒だぞ」と、鶴松は照れ臭そうに笑った。「源太夫どのは、軍鶏の売買《ばいばい》はせぬと言っておったからな」

「そのことでしたら気になさることはありません。自分は売り買いも賭け勝負もしませんが、藩士であっても、たとえ弟子であろうと禁じてはいませんから。ごく一部ですが、隠れてやってる者もいるようです」

「だとしても、買ったとなるといい気はせんだろう。なにせ軍鶏は、親父どのにとっては神聖な生き物だからな」

「もちろん洩《も》らしませんが、一体どのようなお考えで手に入れられたのですか」

「三之亟と太作の軍鶏の闘い振りを見て、なにかと考えさせられたのだ」

鶴松は鶏合わせを軍鶏の単純な闘い、体をぶつけあい、闇雲に突っ掛かるだけの喧嘩にすぎないと考えていたらしい。ところが実際に見ると、まったくの別物であった。仕掛けの呼吸を計り、隙を見せて誘いこんでは敵の意表を衝く手で裏を掻くなど、攻防が驚くほど多彩だったからだ。

相手が小柄であれば自分の体を密着させて圧迫し、敵を消耗させて優位に立つ。逆に小柄な軍鶏は攻撃をひたすら躱しながら、横から執拗《しつよう》に攻めて相手の攻撃力を弱めつつ、好機を待って一撃を加えるのである。

岩倉道場の庭での鶏合わせと味見を各一回、そして自分たちの集まりでの味見を二回見たにすぎないのに、鶴松は軍鶏の闘いの幅の広さと奥行きの深さに、すっかり魅了されてしまった。

それをまざまざと見せ付けられたのが、三之亟と太作の軍鶏の闘いだったということだ。特に太作の軍鶏にそれを痛感させられたらしい。相手の前回の攻撃法や得意とする戦法を憶えていて、それを喰わないようにするばかりか、わずかな弱点を徹底的に攻めたのだ。

「となれば、さらに深く知りたくなるではないか。しかし学友たちとの味見は月に一度、しかも六羽で組みあわせを変えるだけだ。どうにも物足りなくなってな」

なんとしても、べつの若鶏がほしくなったとのことだ。

「すると」と、三太夫は鶴松の新しい軍鶏に目を遣った。「だれかの売りこみがあって、手に入れられたのですか」

鶴松はちらりと三太夫を見て、にやりと笑いを浮かべた。

「売りこみということになれば、家老の馬鹿息子が軍鶏に現《うつつ》を抜かしておるということが、世間に知れ渡っておるということではないか。なに、そんなことにはならぬよう、十分すぎるほど気を付けておる」

「そうしますと」

「わしが買いにと」

「まさか」

「これぱかりは人に頼む訳にゆかぬ。自分の目でたしかめねばな。となると、杉《すぎ》作《さく》に任せる訳にはまいらん。心配するな、手は打っておいた」

杉作は鶴松の若党の名である。

鶴松は杉作に、ある程度の数の軍鶏を飼っている者を探させた。そして良い軍鶏、つまり鶏合わせで常に上位にいられる能力を持つ軍鶏を、飼養しているかどうかも調べさせたのだ。さらにその軍鶏飼いが金銭での売買に応じるかどうか、その値が大体いくらくらいであるかをもである。

何人かの候補があがったが、鶴松が白羽の矢を立てたのは、呉服町《ごふくちょう》にある太物商「結城屋《ゆうきや》」の隠居惣兵衛であった。

「さすが鶴松さまです。惣兵衛でしたらまちがいありません。父とも何度も交換をしていますし、卵分配のための掛けあわせもやっておりますから」

「卵分配のための掛けあわせ、だと。なんだそれは」

源太夫が雄鶏を持ちこんで惣兵衛の雌鶏と番《つが》わせ、次回はその逆とする取り決めだ。産んだ卵の数がそろうと、すぐに連絡して半々に頒《わ》けあう。

軍鶏が抱卵のために産む卵は、一度に八個から十個であった。よくできたもので、なぜか雄雌がほぼ同数になる。

半数ずつ頒けあうので四、五個になるが、そのままでは持ち帰っても数が少ないので雌鶏は抱卵しない。そのため石灰質の岩を削り出してそっくりに作った偽卵を、おなじ数だけ加えるのである。

卵で頒けあうのは、たとえ孵ったばかりの雛であっても、長年の軍鶏飼いには雄雌《おすめす》や能力までは良否がわかることが多いからだ。さすがに卵では、孵る雛の雄雌や能力まではわからない。

二人のあいだに卵を置いて、順番を決めると交互に選び取るのである。

考えれば、いや考えるまでもなく奇妙な光景だろう。雄が孵るかそれとも雌であるかは運次第なのだ。たまに種なし、つまり無精卵で口惜しい思いをすることもある。でありながら真剣な顔で選ぶのだから、どうにも滑稽《こっけい》でならない。

「あくまでも対等に、そして公平にということであるな」

「それだけ真剣だということなのでしょうね。ですが傍目《はため》にはおかしくてならず、笑いを堪《こら》えるのに苦労させられます。鶴松さまなどは、我慢できずに噴き出されてしまうかもしれませんね」

「いくらなんでも、それくらいはわきまえておるぞ」

「片や老舗《しにせ》の隠居、一方は一刀流の道場主ですよ。父は六尺（約一八〇センチメートル）には足りませんが、五尺七、八寸（約一七三〜一七六センチメートル）はあります。惣兵衛は四尺五寸（約一三六センチメートル）ほどでしょうか。言ってはなんですが、萎《しお》れ切った貧弱な年寄りです。そんな二人が、あいだに置いた卵を順に選んでゆくのです。ですが、いくら真剣に見たところで、強い軍鶏に育つかどうかわかるはずがないでしょう。それどころか、雄雌さえはっきりしないのですよ。それなのに、まるですべては自分の真剣さに掛かっているとでも言うように」

　ぷふッと鶴松が噴き出した。

「許せ。軍鶏には大の男がわれを忘れる、夢中になってしまうだけの魅力があるのだと思うと、それがやけにうれしかったのだよ」

「ですが、どう考えてもおかしくて、笑いたくなるのです」

「それだけの魅力があるなら、一羽だけでは物足りなくなるのはわかるだろう」

鶴松は三太夫と話しながら、若い軍鶏を買うに至った心の裡《うち》を婉曲《えんきょく》に説明していた。次席家老の嫡男《ちゃくなん》ともなると、駆け引きの遣り方を自然と身に付けてしまうものだろうか。

それにしても鶴松は思慮深いと、三太夫は感心せずにいられなかった。

惣兵衛の隠居所は古い百姓家を買い取ったもので、寺町を抜けたさらに北側に位置している。木立《こだち》に囲まれているため、寺町の通りや城山の背後を東西に走る街道からは目に入らない。しかもすぐ側を小川が流れているので、軍鶏を飼うには絶好の立地であった。

炊事、洗濯、掃除が担当の女房と、雑用と力仕事を受け持つ亭主という中年の夫婦が、惣兵衛の身の廻りの世話をしていた。亭主は無愛想《ぶあいそう》で無口であったが、女房はそれに輪を掛けて寡黙であった。近所との付きあいもほとんどない。

隠居所への出入りを控え、惣兵衛の口を封じておきさえすれば、軍鶏の雛を手に入れたことは、だれにも知られずにすむのである。

新しく手に入れた軍鶏を見、鶴松が惣兵衛に白羽の矢を立てたのを知って、三太夫は隠居が父源太夫と親しいことを打ち明けた。だがすでに、鶴松は杉作からそれを聞いていたのである。

惣兵衛への書簡を認《したた》めた鶴松は、杉作に届けさせた。

まず正直に次席家老の息子であることを打ち明け、そして書き連ねた。

岩倉道場で初めて軍鶏を、そして鶏合わせを見たこと。道場主の源太夫から若い軍鶏を贈られたこと。五人の学友もそれぞれ若軍鶏をもらったので、月に一度味見の会を持っていること。軍鶏の魅力に取《と》り憑《つ》かれ、できればもう少し飼育したいのだが、源太夫は売買をしていないこと。

そのようなことを淡々《たんたん》と羅列《られつ》した。惣兵衛と源太夫は、軍鶏を通じて互いを認めあう仲であること。そして惣兵衛が源太夫に負けぬ良鶏を育てていることを知ったので、ぜひ飼養している愛鶏を拝見したいと結んだそうだ。

七

鶴松は売ってもらいたいとは書かなかったが、源太夫が売買していないと記したので、購入を望んでいることはわかるはずだ。隠居はしていても惣兵衛は商人なので、藩の老職の息子と近付きになれば、なにかの折には便宜《べんぎ》を図《はか》ってもらえることを心得ている。

この文《ふみ》を持参した者に返辞をいただければありがたいと付記したが、惣兵衛からはいつでもおいでくださいますようにとの回答があった。そうなることは予想していたので、鶴松は二日後の八ツ半（三時）にお邪魔したいと杉作に伝えさせたとのことだ。

「本当は翌日、いや、その日のうちにも軍鶏を見せてもらいたかったが、それでは足許《あしもと》を見られるからな」

鶴松はそう言ったが、惣兵衛にすれば当然それくらいは見越しているはずだ。

「目移りしませんでしたか。隠居所には良い軍鶏がそろっていますから、さぞや迷われたのでは」

「目移りもなにも、わしには軍鶏の善《よ》し悪《あ》しなどわかりはしない。だから一計を案じた」

老職の子息であれば、丁重が上にも丁重な扱いを受ける。鶴松といっしょに軍鶏を見て廻りながら、惣兵衛はそれぞれについて念入りな説明をした。

鶴松は良い若軍鶏がいたらぜひ譲ってもらいたいとはひと言も言わず、しかしいかにもほしくてならぬという顔は絶やさなかった。惣兵衛は話して聞かせながら鶴松を観察していたであろうが、それは鶴松にしてもおなじである。

そして惣兵衛の態度に微妙な変化というか、差異が現れることに気付いた。

「なんだと思う」

「一向に見当も付きませんが」

「わしが実績のある軍鶏でなく、今後を期待できる若軍鶏を欲っしていることは、最初に言っておいた」

だから惣兵衛は、それぞれの軍鶏の優れた点を取りあげるのだが、その扱いに微妙なちがいがあることがわかったのである。なかなか良い若軍鶏だと鶴松が思っても、惣兵衛が簡単にすませることが何度かあった。

鶴松にとって幸運だったのは、最初の二羽でそれがあったことだ。両方とも猩々茶であったが、最初の一羽に関しては詳しい解説があったのに、鶴松が素人《しろうと》目《め》にも良いと思った二羽目はあっけないほど簡単に終えた。

若軍鶏は五十羽近くいたが、一割くらい、つまり五、六羽でわずかなちがいが見られたのである。鶴松はそれを頭に留め、以後も惣兵衛が簡単にすませた軍鶏は憶えておいた。

「どれがお気に召しましたでしょう」

「どれも良い軍鶏ばかりでな。それに気に入っても、譲ってはもらえぬのであろう」

「なにを申されます。若さまでしたら、喜んでお譲りいたします」

「まことか」

「もちろんでございますとも」

「取り敢えず二羽は求めたい。岩倉道場のあるじにもろうた一羽だけでは、軍鶏も寂しかろうが、わしも寂しい」

「求めたいと申されましたが、購《あがな》うということでございますか」

「当然であろう。それとも売らぬことにしておるのか」

「滅相《めっそう》もない。差しあげます、若さまからお代はいただきません」

「ならば、取り敢えず二羽を選ばしてもらおうか」

「どうぞどうぞ。どれなりと」

惣兵衛にすれば素人にわかるはずはないのだからと、高《たか》を括《くく》っていたはずだ。

鶴松は隠居の驚くさまをたっぷりと楽しみたいので、迷った振りをして間を持たせることにした。

鶏小屋の先頭にもどって順に見て廻ったのだが、惣兵衛が簡単な説明で済ませた軍鶏のまえはほとんど素通りした。そして最後の鶏小屋を覗き終わると、目を閉じて腕組みをしたのである。

「いかがでしょう。どれになさります」

さすがに焦れたのだろう、惣兵衛が返答を求めた。

「どうしてもほしいのが二羽いるが、そちらにも都合があるだろうから、その場合はべつの三羽から選びたいのだが」

「よろしゅうございますとも」

「まことか」

言質《げんち》を取った以上は迷うことはない。鶴松は目星を付けておいたというか、惣兵衛が簡単な説明で終えたうちでも、特に良く見えた二羽を指差した。

「これと、それから、あれだ」

一瞬、惣兵衛は顔を強張《こわば》らせた。動揺が激しかったからだろうが、意外と短い時間で元にもどった。

「これは驚かされました。若さまは実にお目が高い。その二羽は別格と申してよろしいほど、頭抜けて有能です」と、そこで惣兵衛は不安げな表情になった。

「ちなみにそれが駄目な場合の、あッ、もちろん差しあげますよ、喜んで。ですが、念のためにお聞きしたいのですが、その三羽はどれでございますか」

まったくためらわずに指差したのは、先ほどの二羽の次に説明が簡単だった三羽である。

惣兵衛が驚くまいことか。

「畏《おそ》れ入りました。ほとんど軍鶏を知ったばかり、と言ってよろしい若さまが」

なにもかも図星だったので、得意のあまり鶴松はつい言ってしまった。

「岩倉道場での鶏合わせが一度に、味見が一度。仲間との味見が二度」

「でありながら見極められました。まさに具現の士です」

「なら、譲ってもらえるのだな。いかほどであるか」

「なにが、でしょう」

「この軍鶏の値《あたい》だ」

「滅相もない。てまえは差しあげると申したはずです」

「そうもまいらぬ。手塩にかけて育てた、そちにとっては子供にも等しい軍鶏を、無料《ただ》でもらう訳にはまいらぬ」

「ここまで軍鶏のことがおわかりの若さまに、もらっていただけるだけでてまえは幸せでございます」

「だめか」

「いただく訳にまいりません」

「では、いらぬ」

物兵衛が顔を強張らせた。

「なにをおっしゃいます」

「武士がこれだけのものを、もらう訳にはまいらぬでないか。せめて謝礼を」

「謝礼、でございますか」

困り果てていた惣兵衛の顔に明るみが射《さ》したので、実は鶴松もホッとしたのであった。

「ここまで育ててもろうた手間賃と、餌代として気持だけでも受け取ってくれ」

「謹《つつし》んでお受けいたします」

「わしは相場というものを知らん」

鶴松は懐から包みを出したが、こういう場合も予想して予《あらかじ》め用意しておいたのである。

「黙って受け取ってくれんか。少なければあとで不足分を払う」

「滅相もない。ありがたく頂戴《ちょうだい》いたします」

ということで落着したのである。

件《くだん》の軍鶏が、唐丸籠で休んでいる濃い色の猩々茶と銀笹ということだ。

「惣兵衛は父に、自慢たらたら話しますよ。鶴松さまが軍鶏を知り尽くした具現の士である、ということを」

「ああ、わしからもけしかけておいたのだ、軍鶏仲間の源太夫にせいぜい自慢するがいいとな。源太夫は口が堅いから安心だが、ほかの者には洩らしてはならんぞと釘《くぎ》を刺した。そして念を押したのだ」

「と、申されますと」

「茂吉《もきち》とチカにも守らせるよう言っておいた。あの二人は無口ゆえ、他人に洩らすことはあるまいが、となるだからわしが惣兵衛から軍鶏を買ったことが、惣兵衛たちから漏れる心配はない」

三太夫の戸惑い顔を見て鶴松は苦笑した。

「わからぬか。わしが茂吉とチカの名を出したのは、奉公人のことまで知っておるのだぞとのさり気《げ》ない脅しだ。二人が無口なことまで知られているとは、思ってもいなかったであろうからな」

「抜かりがありませんね」

「それぐらいのことはしておかぬと、家老の馬鹿息子が軍鶏に現を抜かしておるとの噂が、すぐ立ってしまうのだ。しかし、少々後ろめたくはある。軍鶏好きの好々爺《こうこうや》を騙して、まんまと良鶏をせしめたのだからな」

隠居したとはいえ惣兵衛は商人である。このあと商売上でなにかあれば、さりげなく鶴松とのことを持ち出すかもしれないな、と三太夫は思わなくもなかった。

「軍鶏のお蔭《かげ》で、いろいろと繋がりができましたね」

「まさに、あれこれと軍鶏が絡んでおるな」

と言ってから、鶴松は真顔になった。

「しかし、さすがにあれには閉口したぞ」

「と申されますと」

「鼻がひん曲がるほどの鶏舎の臭いだ」

「鶏糞ですね。下男の茂吉はずぼらな男ですから」

「岩倉道場の鶏舎とは、天と地ほどもちごうておる」

「大袈裟な。世話をしていた権助がきれい好きというより、不潔にしているという軍鶏が育たないとの信念を持っておりましたから。隅から隅まで掃除《そうじ》し、三日に一度、冬場でも五日か六日ごとに水洗いしていましたのでね。今の亀吉は権助の弟子ですので、師匠の遣り方を踏襲しているのですよ」

「惣兵衛が、よく我慢できるものだと思ったぞ」

「軍鶏の世話はだれも嫌がりますので、惣兵衛も茂吉に強《きつ》く言えんのでしょう」

そういうことかとでも言いたげにうなずき、鶴松は言った。

「座敷で茶を飲もう」

八

通されたのは、客間ではなく鶴松の居室であった。そのほうがじっくり話せるからだろう。

文机《ふづくえ》の上には何冊かの本が積み重ねられているし、左右の壁には書棚が造られ、整理された書が何段にも積みあげられていた。

小春日和《こはるびより》ということもあり、障子《しょうじ》は開けられたままであった。

庭にはキジバトが来て、しきりと地面を突《つつ》いている。褐色を帯びた紫と灰の羽毛が鱗《うろこ》模様となり、地味な鳥を地味なりに美しく見せていた。キジバトはかならず番《つがい》で行動するとのことだが、たしかに二羽が付かず離れずで歩きまわっている。

茶菓子を載せた盆を置いた家士が一礼して去ると、茶を含み、湯呑《ゆのみ》茶碗を下に置いてから鶴松が言った。

「岩倉道場の門弟、と言っても親父どのの弟子で三太夫のではないが、何人おるのだ」

「百八十名ほどです。毎日通うのは四、五十名でしょうか。名札が出ていても、月に一度来るかどうか、とか、年に何度しか来ぬ者さえおります。各自、自分の屋敷の庭で素振りはやっておるようですが、素振りと型くらいでは維持するのも難しいでしょうね」

「やはり剣の鍛錬《たんれん》は、相手がいなくては限度があるか。道場に出られるのは、勤めのない者がほとんど、ということだな」

「厄介《やっかい》とか厄介叔父と呼ばれている、二、三男坊が多いですね。熱心な者もいれば、親に言われて仕方なく通っている者もいるようです」

「となると、通っているのはほとんどが若い連中ということか」

「それと年少組ですね」

鶴松が怪訝《けげん》な顔をしたのは、利用する者が少ない上級藩士のための通称「西の丸」の道場では、年少組を区別していないからだろう。

「十五歳以下の者を年少組と呼んで、別扱いしています。もっとも十二歳で最上段に名札を掲《かか》げている、例外もおりますが」

「それが三太夫ということか。十四歳だから本来なら年少組だが、早くから名札を最上段に掲げているのだろう」

「わたしは遅くて、最上段に上がれたのは一年半ほどまえです。体ができるまでは、なかなか勝てませんでした。年少組の仲間には負けなくなって、少しずつ上の者にも勝てるようになったのは十一、二歳からだったと思います」

十二歳で入門してほどなく、末席ではあるが最上段に名を連ねたのは戸崎伸吉だ。中途半端なまま入門すると潰《つぶ》されかねないと、父喬之進《きょうのしん》に徹底的に鍛《きた》えられてから道場の門を潜ったのである。

「だとしても、おのれの力がどの程度であるかは、常にわかっておったということだ」

「周りの者と稽古試合をしますから、自然とわかります」

「羨ましい」

意外な言葉だったので、三太夫は思わず鶴松を見た。

「わしは父に剣の手ほどきを受けた。幸司と名乗っていた三太夫がわが屋敷に来るまでは、おのれの力がいかほどか、まるでわからなかったのだ」

鶴松は八歳から剣術を、九歳になると馬術の基本を父の一亀に指導された。基礎的な体力と均衡感覚が備わった十歳からは、鎗術と弓術を習っているとのことだ。

松並千足、目黒三之亟、足立太郎松、瀬田主税、仙田太作の五人の学友が、鶴松と行動を共にするようになったのはそのころである。一亀の仕事が多忙になり、鶴松に構うことができなくなったからでもあろう。

学友がそろうと、藩校ではなく九頭目家に学者を呼んでの学びが主となった。三太夫にはよくはわからないが、全員が老職と呼ばれる家格なので、学ぶのは藩の歴史と藩政、幕府と藩の関係、殖産《しょくさん》など、藩校とはちがった内容であったらしい。

指導の側も藩校の教授方や助教のほかに、私塾を開いている市井《しせい》の学者もいた。また京大坂や江戸から招かれた学者が、二、三ヶ月から半年程度の短期間、園瀬に逗留《とうりゅう》し、集中して教えることもあるとのことだ。

「父に西の丸の道場に通うように言われたのが十三歳のときで、そこでなんとか通用するのがわしと主税だけなのもわかった」

そのうちに千足や三之亟たちが、鶴松の屋敷に立派な道場があるのだから、そこで稽古することにしようと言い出した。気の弱いところのある鶴松は、言い包《くる》められてしまったのである。

父の一亀は叱《しか》らなかったし、それについてはなにも言わなかった。西の丸の道場に行くようにと命ずれば鶴松は従うだろうが、自分から進んで行かぬかぎり意味がないと判断したのだろう。

一亀は岩倉道場に見学に来て、しばらく稽古に励む弟子たちを見ていた。そして当時は幸司だった三太夫と岩倉佐一郎を指名し、竹刀を交えたのである。だらしない学友に懐柔《かいじゅう》された息子を立ち直らせるために、一亀は鶴松より剣の腕が立ち、一本筋の通った考えの持ち主を探していたのだ。

そして一亀は鶴松に言った。

「学友が一人増えるが、学問ではなくおまえたちが不得手としている剣の稽古相手だ。名は岩倉幸司で、五日に一度通うことになる。ついては次のことをかならず守ること。幸司は剣の稽古だけだが、すべての面において鶴松たち六名と対等とする。稽古の開始を現行より一刻（約二時間）早めて五ツ（八時）からとし、終了はこれまでどおり午《ひる》の九ツ（十二時）とする。実際の稽古に際してはかならず幸司の指示に従うこと。従えぬとか不満がある場合は、出入りを遠慮してもらう」

幸司が九頭目屋敷の道場に初めて出向いたとき、鶴松は父の言葉としてそれを学友に宣言したのである。

「父にそう言われたとき、わしはこれで変われる、変わらなければならない。そう思ったのだ」

鶴松はそう言ったが、今だから言えることで、実際はひどいものであった。

幸司はまず鶴松と三之亟を立ちあわせたが、鶴松が手抜きして適当にあわせているのを、たちまちにして見抜いた。試合で手抜きや遠慮することは、相手を侮《ぶ》辱《じよく》していることになると指摘し、鶴松と四半刻たっぷりと汗を流した。

鶴松が遠慮していたのがわかっただろうと三之亟に言ったが、自分も鶴松と互角に打ちあったと主張してやまない。そのため幸司は三之亟と立ちあい、一撃で倒して力の差を見せ付けたのである。

昼食を馳走《ちそう》になって学友たちは帰ったが、幸司は鶴松に引き留められた。そして父がなぜ幸司を稽古仲間に選んだかが、わかったと言われた。

「わたしがやらねばならぬことを、幸司どのはやってのけた」

鶴松はしみじみとそう言ったが、その日を境に本来あるべき自分を取りもどすことができたのである。

不意にバサバサとおおきな音がしたので庭を見ると、仲良く餌を漁《あさ》っていたキジバトの姿が見えなかった。

「野良猫だろう」

「鳩《はと》を襲ったのですか」

「一度うまくいったものだから、すっかり味を占めたようだ。キジバトや椋鳥《むくどり》が庭に来るとねらうのだが、あれからは成功したことがない。鳥にしてもおなじ手は喰わんだろう」

なにかを考えてでもいるのか、鶴松は庭に目を遣ったままである。

そのとき思ったことを、三太夫はふと口にしてしまった。

「それにしても惣兵衛から若鶏を、しかも絶対に手放したくなかった二羽を、厭だと言えぬように話を運んでせしめたのだから見事です。諸葛亮《しょかつりょう》も兜《かぶと》を脱ぎそうな策士ですね、鶴松さまは」

「太作のような世辞を言わんでくれ、三太夫らしくもない」

「良い若鶏を欲しいと言われては困るので、つい説明を簡単にすませてしまう。その軍鶏好きの気持を、よく汲《く》み取られましたね」

「軍鶏だけにかぎらんが、だれだってそういう気持になるのは、極めて自然なことではないか」

「自分の説明の長短で、若軍鶏の能力のあるなしを読み取られていたとは、知る由《よし》もないですから、惣兵衛はさぞや魂消《たまげ》たと思います。軍鶏や鶏合わせを知ったばかりの若者が、海のものとも山のものともつかない若い軍鶏を、わずかなあいだ見ただけで優れた能力を秘めていると見抜いたのですからね」

「ほとんど軍鶏のことなど知らんと強調したわしも、褒められたものではないがな」

「どうしても手許に残しておきたかった若軍鶏を、しかも二羽も、文句を言えぬ状態に追いこんだ上で略奪同然」

「よさんか。それではわしは、まるで極悪人ではないか」

「明らかな詐術《だまし》です。しかもその仕上げのため、奉公人夫婦の名を持ち出して口を封じたところなど、とてもわたしと同年とは思えませんね」

「だから、うしろめたく思っておると言っただろう」

「ところで軍鶏二羽の代金、ではありませんでした。謝礼と名が変わりましたが、そちらはいかほどでしたか」

「三太夫は思いのほか野次馬だな」

「そうさせたのは、どなたでしょう」

「とんだ藪蛇《やぶへび》だ。……おっと、そう睨むな。三太夫はいくらだと思う」

「見当も付きません」

「杉作に相場を調べさせたのだがな」

「と、間を取って焦らす作戦は、今のわたしには通じませんよ」

「軍鶏の値はな」

「はい」

「あってなきがごときものなのだ」と言って、鶴松はあわてて続けた。「肩透かしを喰わせた訳ではなく、まさに事実なのだ」

値は買いたい者と手放す者の事情によって、大幅にちがってくる。

金が必要なためすぐにも売りたいので、場合によっては多少安くても文句は言わない。値段がまずまずであれば手放してもよい。余程の高値であれば止むを得ないが、できれば手許に置いておきたい。絶対に売らない。

おおきく分けて売りたい、売ってもいい、できれば売りたくない、売らないの四つになるが、それらにさらに細かなあれこれが絡むこともあるだろう。

しかも売り買いの対象が生き物であることが、さらに複雑にしているということだ。

「本当にわからないのですか。金のことになると、だれもが口を噤《つぐ》んでしまうからでしょうか」

「江戸では雛に、良い軍鶏に育つという保証は微塵《みじん》もないのに、親が、あるいはその親が良血、つまり良い血筋だというだけで何両、何十両という値で売買されることもあるらしい」

「そんな大金で」

「ご大身の御旗本とか、紀伊国屋文左衛門《きのくにやぶんざえもん》のような大商人が軍鶏に執心《しゅうしん》すれば、あってふしぎはない。とはいえ、雲を摑むような話ではある」

「ところで園瀬では」

「何十文から何百文、となると肉の値と変わらぬと杉作が言っておったが、わしにはようわからん。ともかく園瀬の里では何十文から何朱《しゅ》、あるいは何分《ぶ》というところだそうだ」

ちなみに四朱で一分、四分で一両なので、一分は四分の一両、一朱は十六分の一両の計算となる。一両が四千五百文との換算であったが、次第に変動して六千五百文となっていたので、一朱がおよそ四百七文ということだ。園瀬の里では、魅力に欠ける軍鶏は百文とか二百文、場合によってはそれ以下で売買されることもあるのだろう。

「惣兵衛にはいくらお支払いに、ではありません、謝礼でしたね」

「二両だ。一羽一両だな」

「園瀬では破格の値段、いや、謝礼ではないですか」

「なんとしても手元に置きたかった軍鶏だから、惣兵衛にすれば臍《ほぞ》を噬《か》む思いだっただろう。一羽一両ではとてもあわんと思うておるはずだ」

「お蔭で鶴松さまは、園瀬の里で三本の指に数えられる、軍鶏の目利きとなられました」

「なられました、だと」

「今はまだ素人《しろうと》ですが、四、五年もすればかならずやそうなることでしょう」

「して、三本の指とは」

「岩倉道場のあるじ源太夫、太物商結城屋の隠居惣兵衛、次席家老の御嫡男鶴松さま」

「わしを除けば錚々《そうそう》たる顔ぶれであるが、絶対にそんなことにはならぬ」

「なぜでしょう」

「忘れおったか。わしは惣兵衛およびその奉公人の茂吉とチカの夫婦に、厳重な口止めをしておいた。源太夫の口から洩れることもない。となれば、わしが軍鶏の目利きとの噂が立てば、その火元は三太夫以外にあり得んのだ」

「畏れ入りました」

「それにしても、三太夫が羨ましい」

「およしください。自分の愚かさに、これ以上ないほどの嫌悪《けんお》を覚えているところですから」と、そこで三太夫は頓狂《とんきょう》な声を出した。「えッ、なんとおっしゃいました。わたしが羨ましいですって」

　思わず声をあげたのは、羨ましいと言われたのが二度目だったからだ。鶴松は父親に剣の手ほどきを受けたが、自分の力がどのくらいかわからないとのことであった。三太夫が周りの者と稽古試合をするので自然とわかると言うと、鶴松は羨ましいとつぶやいたのである。つい先ほどのことだ。

九

「三太夫の親父どのと惣兵衛が、良い軍鶏を多く飼養している理由がわかるか」

問いには答えず、鶴松は逆に訊いてきた。考えたこともなかったが、問われたので咄嗟《とっさ》に考え、そして素早く纏《まと》めた。

「雛から育てていることと、数多く飼っているので、自然と良い軍鶏が得られるということではないですか」

「そこだ。数多く飼っているのでさまざまな軍鶏がいる。それがいかにありがたいことかを、考えたことがあるか」

考えを整理しようとしたら、鶴松が矢継ぎ早に訊いてきた。

「岩倉道場には若い門弟が多いそうだが、割合はどのくらいだ」

「そうですね」と言いながら、三太夫は素早く計算した。「十代後半と二十代前半で、つまり年少組を終えた十六歳から二十五歳までで、六割以上、もしかすると七割から七割五分になるかもしれません」

フーッとおおきな溜息を吐き、そして鶴松は言った。

「ああ、羨ましい。三太夫が羨ましい」

「またしても羨ましい、ですか。なにがでしょう。なにをおっしゃりたいのか、訳がわかりません」

「門弟は、弟子は百八十人いると申したな」

「はい。それがなにか」

「となると十六歳から二十五歳の若手は」と言って鶴松は虚空を睨んだが、どうやら計算をしていたらしい。「六割として百八人、七割五分では百三十五人になる」

「だから、それが」

「ああ、三太夫が羨ましい」

「またそれですか」

「考えてもみろよ。それだけ若手がいれば、仲のいい友が何人も得られる。少なくともその可能性がある」

「量より質と申しますからね。いくら数がそろっていても友ができるとはかぎりません。それよりも大事なのは質です。その点、鶴松さまには仲の良いご学友が」

「仲が良い、か。そう見えるのだろうな」

「そうではないのですか」

「いや、仲は良い。考え方にもよるが、見たかぎりでは良いはずだ」

引っ掛かる言い方である。

「仲が良いと考えて当然ではありませんか。学問も剣の稽古もごいっしょで、常に親しく話されています。それ以上の親しい友があるでしょうか」

「そうであろうな。そう見えて当然だろう」

三太夫にはもどかしくてならなかった。鶴松らしくない、奥歯に物の挟まったような言い方が、先ほど以上に引っ掛かるし、そのためもあってどうにもすっきりしないのである。

「わしは次席家老の倅だ。子の出世を願った親が送りこんで来たのが、いわゆるご学友さまだ」

皮肉な、突き放した言い方に驚き、三太夫は思わず鶴松を見た。

「親にそのことを言われた者もおれば、ほのめかされた者もいただろう。親がなにも言わずとも、屋敷に通っていればたちまちにしてそれを感じずにいられまい。やつらは腰巾着《こしぎんちゃく》なのだよ」

思い掛けないほど重苦しい口調であった。顔にも普段のおおらかさは、ひと欠片《かけら》も見られない。

「常にわしの顔色を窺《うかが》い、媚《こび》を売る」

鶴松が繊細な上に敏感すぎるため、なんでもないことを必要以上に感じてしまうのではないだろうか、そんな気がしないでもない。

「ですが鶴松さまとご学友のみなさんは、常に対等な立場で話されて、主従の関係らしきものを感じたことはありませんが」

鶴松はじっと三太夫の目に見入り、しばらく見ていたがやがて言った。

「言われればそうだ。たしかに、三太夫の言うとおりだ」

「でしょう。鶴松さまは感じすぎ、考えすぎだと思います」

「剣術の稽古の日は、その日だけはたしかにそうであるな。学問の日とはちがって、剣術の日なので三太夫が加わる。だからやつらも普段とちがう態度を取るし、取れるのであろう」

思わず顔を見たのは、学友を「やつら」と言ったのが二度目だったからだ。一度なら聞き流したかもしれないが、二度目となるとやはり気になる。

「そうか」と、鶴松は納得したらしい。「三太夫が道場に来た最初の日に、わしは連中に父の言葉を伝えた。その中で三太夫、つまり幸司は剣の稽古だけだが、みんなと対等にすると。それもあって稽古の日だけは、だれもが分け隔てなく、和気《わき》藹々《あいあい》とやっていけるということなんだな。三太夫に言われて初めて気が付いた」

ハハハハハと乾いた笑い声を発してから、鶴松は真顔になった。

「だれもいいやつだがそれだけだ。学友であって友ではない。わしが次席家老の伜というだけで、あいだを一枚の幕が遮《さえぎ》っている。やつらは幕を取り払おう、破ろうとしない。いや、思いもしないのだ。わしは破ろうとしたが、こういうものは下からでなければ破れない。上からだと、どうやっても押し付けになってしまうのだ」

そのような孤独を鶴松が胸の裡に抱えているとは、思いもできなかった。

「だから三太夫が羨ましいと言ったのだ。同年輩の若い門人が百人以上もいるのだからな。連日通っている者にかぎっても四、五十名はおると言っただろう。となれば親しい友ができぬはずがない」

「ちがう」と、思わず言ってしまった。「ちがうのです。鶴松さまは、勘ちがいされているのではないですか」

「勘ちがい、か」

「いくら数がそろっていても、意味がありません。若い門人の数が多ければ、親しい友ができやすい。そのとおりだと思います。ですがわたしのばあいは、そうならない」

「なぜに。少なくとも、わしなんぞより」

「わたしが道場主の息子と言うだけで、線を引くとか幕を張っている訳ではないのに、だれもそこから内側に入って来ようとしないのです」

　三太夫が見ると鶴松の目が泳いだ。

「瓜《うり》二つというか、そっくりであるな」

　鶴松がぽつりと言った瞬間に、その言葉が三太夫の頭の中で鳴り響いた。

「まるでおなじだ。まさにおっしゃるとおりです。なぜ今まで気付かなかったのだろう」

「そういうことなのだよ、三太夫。友がほしい。心を打ち明けてどんなことでも話せる友がほしいといくら思っても、わしも三太夫も身の周りに、目には見えぬが堀、塀、遮幕《しやまく》のようなものが巡らされておるに等しいのだ」

「だれもが親しく接してくれますが、ある線までで、どうしてもそこから先に進まない。喧嘩ができるほどなんでも言いあえる友がほしいのに、わたしには岩倉佐一郎くらいしかいないのです」

「一人でもいるだけいい。なに、岩倉佐一郎と言ったか。……たしか父が、剣の稽古仲間の候補に挙げた一人だな」

「門人ではありますが友人とは言えません。佐一郎と喧嘩できるのは、だれもが道場主の息子だからと遠慮するのに、それがないからです」

「だが喧嘩できるだけでもいいではないか。わしなんぞ」

「佐一郎は血縁、血族なのですよ。だから言いたいことを言う。言ってくれるのです」

「三太夫は恵まれておる。わしにはそんな血縁すらおらんのだ」

そうだった。自分の事情を打ち明けたが、三太夫は鶴松の立場を考えていなかったのである。言われてみれば、まさに鶴松の言うとおりであった。と思うと、そのまま言葉になっていた。

「身分はちがいますが、わたしたちは驚くほど似ていますね」

「ともにだれもが遠慮して、距離を置くという点ではそっくりだ。ということはだ、三太夫」

「はい」

「わしらは、またとない、類を見ないほど親密な友になれる、ということではないのか」

「友、でございますか」

「そうとも、友だ。となれば友らしく、三太夫、鶴松で呼びあおうではないか」

「そうはおっしゃっても」

「周りの目が気になるというのだろう。だからかまわぬ、他人がおるところでは、今までどおりでよい。三之亟や太作がおる所では、鶴松と呼び捨てにはできぬだろうからな」

「ですが、よろしいのですか」

「良いも悪いもあるものか。わしらは友なんだからな。それにだれも知らんのだぞ、わしらがそういう仲であることは。となれば二人だけの秘密だ。これはいい」と笑ってから、不意に鶴松が呼び掛けた。「おい、三太夫」

「はい、鶴松さま」

「だめだ、だめだ、まるでだめだ。おい、三太夫と呼び掛けたのだぞ。当然、なんだ、鶴松、でなくてはならんことぐらい、わかるだろう。では、言ってみろ」

「な、なんだ。つ、つ、つ」

くくくくと、鶴松は含んだように笑い、笑いをなんとか堪《こら》えていたが、堪え切れずに腹を叩いて笑い出した。初めて見る鶴松の開けっ広げな笑いに、つられて三太夫も笑ってしまう。

「少し、少し待ってください」

「少しで元にもどせるのか。まるで箍《たが》の外れた桶《おけ》みたいだぞ」

それを聞いてはもう堪《たま》らない。三太夫が笑いを鎮《しず》めるには、かなりの時間が必要であった。だが気兼ねする必要はなかったのだ。鶴松もおなじくらい堪えるのに苦労していたのだから。

ようやくのこと、三太夫はまともに喋ることができた。

「来春《らいはる》正月、鶴松さまはめでたく元服なさると聞き及んでおります。烏帽子親から諱をいただきますが、鶴松さまから新しい通称に変わりますね。そのときには、敬称なしで呼べるよう、今から練習しておきますから」

「わかった。であれば猶予《ゆうよ》してやるが、約束だぞ。真の友との約束ゆえ、命に代えても守らねばならん」

「わかりました。かならずや」

そう答えはしたものの、三太夫は元服後の鶴松の通称を知っていたのである。

この秋に元服したときの三太夫の烏帽子親は、父の源太夫と藩校の同期で日向《ひゅうが》道場での相弟子で、現在は中老の芦原讃岐であった。通り名が幸司から三太夫になったことを告げられたのだが、そのとき年が明けた正月吉日に鶴松が元服することを教えられたのである。これは次席家老と中老というより、ともに俳諧《はいかい》の会の同人という仲だからだろう。

そのとき、通称が鶴松から一鶴《いっかく》になることも知らされた。父親が亀松《かめまつ》から一亀になったことに因《ちな》んだということだ。

九頭目屋敷を辞した三太夫は、堀江丁《ほりえちょう》の岩倉道場にもどる道すがら、ぶつぶつとつぶやき続けていた。

「おい、一鶴。少しは腕をあげたようじゃないか。それでも岩倉道場では、やっと最上段の中頃だな」

「あの折わしが『友、でございますか』と訊くと、一鶴は『そうとも、友だ』と言ったが、あれが駄洒落《だじゃれ》のつもりなら、人には言わぬほうがいい」

濠に架けられた橋を渡ったが、すれちがった供連れの商家の女将《おかみ》らしい女が変な顔をしたのに、三太夫は気付きもしなかった。

橋を渡ると、左前方に広大な調練の広場がある。

「一鶴んとこは、親父が亀で本人が鶴だが、子供が生まれたらどうするつもりだ。鳳凰《ほうおう》とか麒麟《きりん》にしたいのか。先のことだなどと思わず、今から考えておいたほうがいいぜ、一鶴」

広場に沿った道を真っ直ぐ進むと、右手に二本の柱を立てただけの岩倉家の門が見えて来る。

「一鶴、一鶴、一鶴。いないところではいくらでも言えるが、本人を目のまえにして言えるかどうかだな。おい、一鶴。ところで一鶴はどう思うんだよ。そりゃ、どう考えても一鶴らしくないなあ、か。いなきゃ、すらすらと出てくるのだが」

門を飛び出した武蔵《むさし》が、三太夫を目指して駆けて来た。

藩費で長崎に遊学中の兄の龍彦《たつひこ》が、捨てられていたのを可哀想《かわいそう》だからと拾って帰ったのである。体毛は明るい茶色だが、尻尾《しっぽ》の先端と四肢《しし》の先が白いので、駆けているだけでも、いかにも楽しそうに見えた。

駆け寄った武蔵は、三太夫の周りを跳びはねながら、ちぎれんばかりに尻尾を振り続けた。

新たな船出

一

常夜灯《じょうやとう》の辻で時の鐘が四ツ（十時）を告げたので、みつはひと息入れて茶を飲もうと思った。

「奥さま、よろしいかいな」

断りを入れながら、下男の亀吉《かめきち》が裏口から入って来た。軍鶏《しやも》の世話にケリが付いたのだろう。

「はい。なんでしょう」

答えて振り返ると亀吉一人でなく、背中に隠れるようにサトが従っていた。その表情が気のせいか硬く感じられた。

みつの心を過《よぎ》ったのは、「もしや」というより「やはり」との思いであった。確信は持てなかったが、二人がそろって来たとなるとまずまちがいないだろう。

「丁度《ちょうど》よかった。お茶を飲もうと思っていたところだから、ゆっくり聞かせてもらいましょう」

「あッ、うちが淹《い》れますけん」

そう言いながら、サトは竈《かまど》の辺りをチラリと見た。

「だったら頼もうかね。お湯は沸いているはずだから」

うながすと亀吉が土間から板の間にあがったので、みつは自分のまえを示した。正座すると亀吉は両膝《ひざ》に手を突いたが、みつが微笑《ほほえ》み掛けると目を伏せてしまった。サトが横に坐《すわ》ってからにしたいのだろうが、となるとみつの思いがまちがっていないということになる。

おなじ屋敷に奉公しているので、話す機会があるのは当然だろうが、ここに来て変化が見られた。ひそひそとささやきあっていることがあったし、亀吉がしきりとサトを説得しているように見えたこともあった。

言葉少なに口論している場面もみつは見ている。離れていたので話の内容まではわからないが、みつに気付いたか気配を感じたらしく、二人はそっと離れたのであった。

網代《あじろ》の塗り盆にそれぞれの湯呑《ゆのみ》茶碗を載せたサトが、みつに続いて亀吉、そして自分のまえに茶碗を置いた。

みつは静かに手に取ると、焙《ほう》じ茶を口に含んで香ばしさをゆっくり味わいながら待った。亀吉は言い出しにくいらしく黙ったままであったが、ようやく切り出した。

「すぐっちゅう訳では、ないんやけんど」

亀吉は言い淀《よど》んだが、そこまで聞けばまちがいはない。

「それは、おめでとう」

「えッ。なんで」

「なぜって、亀吉はサトをなんとか説《と》き伏《ふ》せることができたんでしょう。かなり苦労したようだけれど」

二人は顔を見あわせたが、話したのは亀吉である。

「すぐではないけん、どうしょうかと迷うたけんど、取り敢《あ》えず奥さまのお耳にだけでもと思うて」

「ともかくよかった。二人のことは気になっていましたからね。いろいろたいへんだろうけど、力になりますからなんでも相談してちょうだい。遠慮はいりませんよ。だけど、どうせいっしょになるなら早いほうがいい。住まいのことなら、心配しなくても考えてあげますから」

「ほなけんど、すぐっちゅう訳ではないし、ほれにわいは軍鶏の世話を続けたいけん」

「なんの問題もないでしょう。軍鶏は鳥目《とりめ》だから、世話は起きてるあいだだけだもの。朝、餌《えさ》をやって、食べ終えれば唐丸籠《とうまるかご》に移してから鶏小屋を掃除《そうじ》し、昼過ぎに旦那さまが鶏合わせ（闘鶏）や若鶏の味見（稽古《けいこ》試合）をするのを手伝いますね。ほかにもなにかと用は多いけれど、夕方は早めに小屋にもどして餌を食べさせる。暗くなれば軍鶏は寝てしまうのだから、住みこみでなくても差し障《さわ》りはありません」

近くに家を借りて住めばいいのである。

朝食は二人ですませてから屋敷に来てもらってもいいが、軍鶏の世話は陽の出まえから始めるので、それだとあわただしいだろう。朝も昼も、場合によっては夕食もこれまでどおりでかまわないのだ。

そうなると住まいは眠るためだけの場所となってしまうので、夕食ぐらいは夫婦水入らずがいいかもしれない。しかしこれまでどおりにすれば、余分な手間が省けるので楽ではある。

「そんなことは、二人で暮らすようになってから決めればいいことだわね」

みつはそう言ったが、問題はべつのところにあると感じていた。

亀吉がなにか言おうとすると、一瞬早くサトが口を挟んだ。

「亀吉っつぁんはお母《かあ》はんや兄《あん》にゃに、うちのことをなんも言うとらんのです」

「家には滅多《めった》に帰らんからじゃ」

「言うたらまちがいのう反対されます」

「ほんなことないって」

「ないことはない。うちは亀吉っつぁんより三つも年が上で」

「ちょっとばかりの齢《とし》の差なんぞ、問題にならん」

みつは亀吉がサトを説得できたのだと思っていたが、どうやらそうでもないらしい。あるいは大筋では受け容《い》れたものの、細々としたところが納得できずに、サトが煮え切らない状態のままだったのだろうか。

そのままでは埒《らち》が明かないからと、亀吉はみつに打ち明けてしまおうと思ったのかもしれない。いっしょになるのは先の話だとしても、みつに話してしまえば、サトも受け容れて考えるしかないからである。

そういう事情であるならば、みつは亀吉のあと押しをしなければならない。

「亀吉の言うとおりですよ。ともかくいっしょになりなさい。二人さえその気であれば、周りのことなどなんとでもなりますから。サトも年上だからって気に病まなくていいのです。姉女房は身代《しんだい》の薬、との諺《ことわざ》があるくらいですからね。亭主より年上の女房は、家を上手に治められると言われているのですよ。サトなら絶対にうまくやれます」

「けんど、年が上だけならともかく、うちは出戻りなんや、離縁になったんやけん」

「サトが悪いんやない」

言われてサトはムキになった。

「亀ちゃんがそう言うてくれても、お母はんや兄にゃには通じることではありまへん。親戚の人にしたって」

思わず「亀ちゃん」と呼んでしまったのだろうが、サトは「亀吉っつぁん」と言い直しはしなかった。

みつはサトが哀《あわ》れでならなかった。なんとしても息子の嫁にと願った姑《しゅうとめ》が、三年経《た》っても子供ができぬことを理由に、非情な手を用いて家を出ざるを得ぬように仕向けたのである。

サトにはなんの落ち度もなかったが、でありながらも、本人はそれを負い目とせざるを得ないのだ。

「落ち着きなさい。おまえらしくない」

みつが少し強く言うと、サトは思わずと言うふうに周りを見廻した。

「気にすることはありません。旦那さまと三太夫《さんだゆう》は道場ですし、花《はな》は表座敷で手習いをしています。あの娘《こ》はなにかを始めると夢中になるので、こちらでなにを話していても耳に入りませんから」

「ほんまにすまんことで」と亀吉は苦笑したが、苦笑するしかなかったのだろう。「わかってもらえたはずやったんで、奥さまにだけでも話しておかねばと思うたんやけんど、どうしてもサトは」

「サトの気持はよくわかります」と、みつはきっぱりと言った。「亀吉の気持もです。だからわたしは、二人がいっしょに来たとき、ああ、よかったなと思ったのですよ。サトと亀吉はほとんどおなじ時期に、わが家に来てくれましたからね。あのころから、しょっちゅう喧嘩《けんか》してたでしょう」

亀吉とサトは思わずというふうに顔を見あわせ、ほとんど同時に言った。

「うちら喧嘩なんぞ」

「わいはサトと喧嘩したことはありまへん」

二人があまりにもムキになって言ったので、みつは思わず笑いを洩《も》らしてしまった。

「そうだったわね。二人が喧嘩してるって、龍彦《たつひこ》がしょっちゅう心配していたのを思い出したものだから」

「龍彦さんが、かいな」

「ええ。心配しなくていい、仲が良いからじゃれあってるのよって、わたしは笑ったのだけどね。それでも龍彦は心配らしく、大旦那さまにも権助《ごんすけ》にも言ってありました。あの二人、また喧嘩してるって。でもそのたびに、仲が良いから喧嘩するんだよと言われて」

　二人が顔を見あわせたのは、まさかそんなふうに自分たちが見られていたとは思ってもいなかったからだろう。その顔に照れたような笑いが浮かんだのを見て、みつは透《す》かさず言った。

「そのときから、今日までのことを思い浮かべてご覧なさい。今、あれやこれやと悩んでいることが、おかしくてならなくなると思いますよ。亀吉は次男坊だしサトは弟が家を継ぐのだから、周りのことは考えなくてもいいでしょう。なによりも自分たちのことを一番に考えなさい。それに、もっと気楽に考えなくてはね。と言っても、サトが引っこみ思案になるのはわからぬでもないけれど。すんだことに囚《とら》われないで、これからのことに目を向けなければだめですよ」

そう言って、みつはサトと亀吉におおきくうなずいて見せた。

二

二人が奉公を始めたのは九年まえだが、屋敷に来たのはサトのほうが早かった。花が生まれたこともあり、家事が手に負えなくなったので、知りあいを通じて雇ったのである。

その半年後に、亀吉が住みこみで働くことになった。

軍鶏道場の異名《いみょう》があるくらいだから、成鶏に若鶏や雛《ひな》を含めると平均して四、五十羽が飼われていた。生き物相手なので、一日として休むことができない。世話をしていた権助が高齢になって、相当に負担になっていたのである。かと言って、よほどの軍鶏好きでなければできる仕事ではなかった。

藩費で長崎に遊学している龍彦がまだ市蔵《いちぞう》だったころ、ある日、亀吉が岩倉道場に訪ねて来た。

武尾福太郎《ぶおふくたろう》と名乗る浪人が、客分として岩倉家に居候《いそうろう》していたことがあった。よく釣りに出掛けたが、市蔵は武尾を慕《した》ってつき纏《まと》っていた。

榎《えのき》の大樹の根元に川獺《かわうそ》が巣を掛けているので、うそケ淵《ふち》と呼ばれている絶好の釣り場がある。大喰らいの川獺が一族で住むくらいだから魚影が濃く、武尾は毎日のようにその淵に釣りに出掛けた。

そうこうしているうちに、市蔵は亀吉と親しくなったのである。近くの百姓の寡婦《かふ》と武尾がわりない仲になったが、亀吉はその次男であった。

岩倉家にやってきた亀吉は、生まれて初めて軍鶏を、そして鶏合わせを見たのである。亀吉は人を人とも思わぬ傲岸不遜《ごうがんふそん》なこの喧嘩鶏に魅入《みい》られ、心底《しんそこ》惚《ほ》れこんでしまった。

父親代わりの兄の猛反対もあったが、権助のとりなしで奉公することができたのであった。

亀吉が奉公を始めると、サトはなにかと世話を焼きたがり、うんざりさせたようだ。三つ年上ということと、奉公を始めたのが半年早いだけなのに、姉さん風を吹かせたからだろう。サトと亀吉が絶えず言いあうので、市蔵は気を揉んだようだが、源太夫《げんだゆう》にみつ、そして権助も笑っていた。

昼過ぎの半刻《はんとき》（約一時間）ほどではあったが、みつは二人に言葉遣いと挨拶《あいさつ》の仕方、読み書きと手習いを教えた。二人のためもあったが、来客の折、あるいは用に出たときに対応ができなくては困るからである。

十二歳で奉公に出されたくらいだからサトの生家は貧しく、弟妹《ていまい》を食べさせるために口減らしをしなければならなかった。男の場合は十年のタダ働きを終え、さらに一年のお礼奉公をすませると、翌年からようやく給銀がもらえる。しかし女は子守や下働きであろうと、わずかでも小遣いがもらえて、二年目に入ると手当てが出た。

サトは滅多にない休みの日には、幼い弟妹に駄菓子などを買って帰った。そのため弟妹思いで親孝行な娘だと、いつしか評判になっていた。

奉公を始めたころには瘦《や》せて色も黒かったが、次第に娘らしくふっくらとして色も白くなった。みつの躾《しつけ》は厳しかったが、無作法でさえなければ口うるさく言うことはない。それもあってサトは、礼儀正しくおおらかな娘に成長した。

土地の大百姓の長男が、そんなサトを見初《みそ》めた。格がちがいすぎるので、両親もサトも断ったが、相手の母親が気に入ったということもあったし、嫁入り道具も買いそろえてくれるとなると、それ以上は断れなかった。

玉の輿《こし》に乗ったと祝福され羨《うらや》まれて、奉公を始めて五年目に十七歳でサトは嫁入りした。

武家奉公しただけあって、礼儀作法もちゃんとしている上に読み書きまでできると、姑にとっては自慢の嫁であった。ところが先にも記したように、三年経っても子ができなかったことから、自分から婚家を出るしかないよう姑に仕向けられたのである。

実家にもどることもできないサトは、岩倉家にみつを頼ったのであった。奇《く》しくもその日が権助の通夜《つや》で、とんでもないところに来てしまったと逃げ出そうとしたサトは、亀吉に連れもどされた。事情を察したみつは、サトを奉公人として再度雇い入れたのである。

のちになって、別れた亭主がサトを連れもどしに来た。

母親がサトを追い出すため作男に金を渡して、サトと密通したと嘘《うそ》を吐《つ》かせたとわかったと打ち明けたのである。その母が亡くなったのでなんの問題もなくなったと言われたが、みつは追い返した。女房より母親の嘘を信じた男が、サトを幸せにできるとは思えなかったからだ。

しかしサトに会わせもせずに追い返したのは、遣りすぎでなかったかとの思いにみつは苛《さいな》まれた。そのためにもサトを幸せにしてやらねばと、絶えず思っていたのだ。

それが思いもしない形で、とみつは思わざるを得なかった。作法、料理、針仕事という女ひと通りのことを身に付けていながら、思いもしない苦労をして、ひと廻りもふた廻りもおおきくなったサト。権助からすっかり軍鶏のことを学び、さらに自分の工夫を加えている亀吉。岩倉家にとっては掛け替えのない二人が、夫婦《めおと》になりたいと言うのである。

いや、手放しでは喜べないのではないのか。二人そろっては来たが、表情が、特にサトは硬い。硬すぎるのだ。

まずそれを解《ほぐ》さねばならない、とみつは痛感した。

「いろいろとありましたけれど」と、みつはサトと亀吉に言った。「廻り道をしたように見えるかもしれませんが、二人がいっしょになるための筋書きができていたように思うの。つまり、なんやかやは、こうなるために用意されていたにちがいないのです」

「奥さまの言われるとおりじゃ」とみつにうなずいてから、亀吉はサトに言った。「サトは言うたでないか、うちの居場所はここじゃ、ここしかない。旦那さまに奥さま、三太夫さんに花さん。みなさんのためになんとしても尽くしたいって」

サトはこくりとうなずいた。

「わしは軍鶏道場の権助はんの弟子として、岩倉道場の軍鶏を、この国一の、いや三国一の軍鶏に育てたいんじゃ。ほのためにも、わいとサトはいっしょにならんと」

「うちもそうは思う。ほなけんど、ほなけんど」

だけど、とサトは二度も繰り返した。

「亀ちゃんに憐《あわ》れんでもらいとうはない」

「なんやって」

思いもしない言葉だったらしく、亀吉の開いた口はそのままであった。

「亀ちゃんは、いろいろと理由を付けてそれらしゅう言うてくれるけんど、うちを憐れんどるんじゃ」

「ほんなことはない。あるもんか」

「そんなことはありませんよ、サト」と、みつは思わず言ってしまった。「亀吉はこれからの一生を考え、サトと暮らすのが一番いいと考えたのですから」

「一生と言われても……。だったら亀吉っつぁんには、うちよりええ人がほかになんぼでもおる。子供もできん女やし」

「もらい子をすればすむことじゃ。自分の子でのうても、実の親子以上に幸せに暮らしとる者はいくらでもおる。実の親子でありながら、親も子も辛い思いをしとることもあるではないか。要は本人次第じゃ」

「それに、子供ができないと決め付けなくてもいいと思います。まえにも話したけれど、わたしは八年という長いあいだ恵まれなくて離縁されましたが、今の旦那さまの後添《のちぞ》いになって、思いも掛けず三太夫と花を得ることができました。この世の中には、人にはわからぬことがいくらでもあるのです。せっかく亀吉がいっしょになろうと言ってくれているのだから、ここは天の神さまに任せてしまいなさい」

「ほうは言われても」

なおも躊躇《ためら》っているので、みつは調子を変えて言った。

「サトは忘れたの」

「な、なにをかいな」

「道場の弟子の一人が、サトをからかったことがありましたね」

亀吉が奉公を始めて、まだ数ヶ月目のことであった。

武者《むしゃ》振《ぶ》りついて投げ飛ばされながらも、亀吉は五歳も年上の弟子に摑みかかっていった。身を躱《かわ》した弟子に腰を蹴られて倒れた亀吉に駆け寄った市蔵が抱き起こすと、「ちょっとからかっただけだ」と相手はにやにやと笑っている。

サトが十二歳としてはちいさく、痩せて色が黒いので「種が悪くて畑も悪いと、大根も牛蒡《ごぼう》にしかならんか」とからかったのだ。人の物を盗んだり、嘘を吐いたり、はっきりと悪いことをしたのなら、なにを言われても仕方ないが、「からこうてええことと、悪いことがあるんじゃ」と亀吉の怒りは収まらない。

子供である市蔵に告げ口をされたら道場主に叱《しか》られるし、離れた場所に権助がいるだけで、庭にはほかにだれもいない。あれこれと秤《はかり》に掛けてだろう、「わるかったな」と弟子は仕方なさそうに言った。だが亀吉は退《ひ》きさがらず、弟子に「わしが悪かった、すまなんだ」とサトに対して謝らせた。

礼を言った亀吉は、だったら自分を殴ってくれと弟子に迫ったのである。「奉公人のくせに、お侍《さむらい》さんに生意気を言うたけん」というのが理由であった。

見られた市蔵がうなずくと、「詫びられては、殴る訳にいかない」と弟子はほっとしたような顔になった。自分の顔が潰《つぶ》れることなく事が収まったからだ。

「よかった。仲直りができて」と、市蔵は亀吉と弟子に笑い掛けた。「ではみんな、今までのことは忘れて、これからは仲良くしよう、な」

そう言って市蔵は弟子、亀吉、そしてサトの顔を順に見たのである。

「市蔵はんが」と、照れたように亀吉は言い直した。「いや、龍彦はんが、うまいこと纏めてくれたんです」

「そうでしたね」とうなずいてから、みつはサトに言った。「その市蔵、龍彦と名を変えて長崎に勉強に行ってますが、あの子を立ち直らせたのが、亀吉なんですよ」

奉公に来るまえのことなので、知らなかったサトはさすがに驚いたようである。亀吉があわてて弁解した。

「あれは権助はんが」

「権助と亀吉がね」と微笑んでから、みつはサトに言った。「これまで見てきましたが、亀吉は人のことをよく見て、どうするのがその人にとって一番いいかを考えています。だからサトも、あれこれ迷わずに胸に飛びこんじゃいなさい」

武家の妻女らしくない砕けた言い方をされてサトは頰《ほお》を染めたが、それ以上に赤い顔になったのが亀吉だった。

「すぐにではないと亀吉は何度も念を押しましたけれど、あまり間を置かないほうがいいと思いますよ。家の人に事情を話してわかってもらわねばならないし、住む所をどうするかとか、いっしょになるためにしなければならないことが、あれこれとあるのはわかります。でもそういうことは、どうということはありません。遅くとも来春《らいはる》、桜の咲くころには二人は夫婦《めおと》にならなければね」

　みつがそう言うと、亀吉はサトに何度もうなずいて見せた。

「やっぱり奥さまは、わいら奉公人のことをようわかってくれとる。ほなけん、サト、奥さまの言われるように、すんだことにあれこれ振り廻されんと、これからのことだけを考えて生きよう。なッ、なッ」

　サトは仕方なくかどうか、すっきりしたようではないがうなずいた。

「このことはわたしの胸の裡《うち》に仕舞《しま》っておきます。もっとも旦那さまだけには、そっと伝えておきますがね。三太夫にも花にも伏せておきますよ。半年ほどの辛《しん》抱《ぼう》だもの。もっとも、二人とも気付いてるかもしれないけれど」

　昼が近いこともあったので、みつはサトと亀吉をさがらせた。

三

　昼の食事のときは当然として、夜の食事や食後のお茶のひとときにも、みつは亀吉とサトから打ち明けられたことに付いては曖気《おくび》にも出さなかった。しかし絶えず考え続けていたのである。

道場の北西の隅に造られた三畳の下男部屋で、亀吉は寝起きしていた。権助が健在なときは二人で使っていたので、寝るだけでも窮屈《きゅうくつ》であった。

サトは母屋《おもや》の北西隅の、三畳の下女部屋で起居している。食事をする板の間、おクドはんと呼ばれる竈《かまど》や水瓶《みずがめ》を据え付けた土間に、すぐ出られるようになっている。

しかし二人で暮らすとなると、どちらの部屋も使えない。

道場には絶えず弟子が出入りしていて、しかもそのほとんどが十代か二十代と若い。たとえ片隅であったとしても、若夫婦が暮らすことなどできる道理がないが、それ以前に道場は女人《にょにん》禁制なので論外となる。

それは母屋にしてもおなじであった。元服したと言っても三太夫は十四歳、妹の花に至ってはまだ九歳である。もともと部屋数も少ないので、おなじ屋根の下に若い夫婦を住まわせる訳にはいかない。

となると、家なり部屋なりを借りてやらねばならなかった。堀江丁《ほりえちょう》にある岩倉家の屋敷の左右、つまり東と西は空き地になっている。門を出た目のまえは広大な調練の広場で、東に進むと厩町《うまやまち》があり、その北側に中《なか》ノ丁《ちょう》があった。園瀬《そのせ》の城下では、武家地は丁、町家が町と区別されている。中ノ丁はもともと武家地であったが、いつの間にか武家地と町家が混在するようになっていた。もし家を借りるか間借りするとしても、離れていては不便なので厩町か中ノ丁になるだろう。

だがそれよりも問題なのは、家族に賛成してもらわねばならぬことであった。

サトのほうは、離縁されたあとで本人になんの非もないことがわかったにしても、出戻りと言う事情もあるので親は再嫁《さいか》を歓迎するにちがいない。婚家を出たサトはみつを頼って岩倉家に来たが、落ち着いたころに改めてよろしくと両親が挨拶に来ている。

問題は亀吉であった。手強《てごわ》いのは母親よりも兄の丑松《うしまつ》である。なにしろ父親代わりを自認していて、「わいが殴るんではない。親父が殴ると思え」と言って、絶えず鉄拳で亀吉を従わせようとした。亀吉は亡くなった父親に殴られたことが、一度もなかったのに、である。

亀吉が岩倉家に奉公して軍鶏の世話をしたいと言ったとき、丑松は頭ごなしに反対したが、その理由は「亀吉は百姓をやりとうないだけなんじゃ」というものであった。当時は権助が巧みに説得して収めたが、その権助は亡くなったのだ。

となればわたしがやるしかない、とみつは心を決めた。うまくいかなければ亀吉とサトを不幸にしかねないのだから、考えるまでもなくたいへんな役目である。しかし二人のためには、なんとしても丑松を説得するしかないのだ。

その夜、みつは源太夫に打ち明けた。

岩倉家は道場を併設していることもあって敷地が広く、庭は源太夫が鶏合わせをさせるに十分な広さがある。そのため離れ程度なら建てられぬこともない。

みつは順に話を進め、念のため一部屋でもいいのでちいさな離れを建てられないかと訊いてみた。答えは不可である。当然だろう。道場は藩士とその子弟を教導するため、藩主より与えられたものであった。そのための土地を、たとえ寸四方であろうとほかの目的のために使用できる訳がないのである。

亀吉とサトが所帯を持つことに付いては、源太夫も大いに賛成であった。住まいは近くに借りれば解決する。

となると最大の難関は亀吉の兄の丑松だが、みつは自分が出向いて説得したいと言って源太夫を驚かせた。源太夫にすれば、奉公人が夫婦になることに、武家である自分たちが関わるなど考えも及ばなかったのだろう。

みつは亀吉の軍鶏の飼育の優秀さや、苦労したためさらに気配りの増したサトの優れた点をあげながら、なんとしても二人を夫婦にして、力になってもらいたいとじんわりと説いた。そのためには自分が出向いて丑松を納得させたいが、ついては三太夫を同道することを源太夫に了承させた。武家の女が一人で歩くことなど、できる訳がないからである。

そのような経緯《いきさつ》があって、亀吉とサトが打ち明けた五日後に、三太夫を連れたみつは亀吉の実家を訪れた。

二人が訪れたとき、家の横手を流れる溝《みぞ》の傍《そば》で、二人の女が洗った野菜を樽《たる》に詰めていた。横に塩を盛った器が置いてあるのを見ると、菜を漬けているところらしい。

武家の妻女と前髪を落とした若い武士の訪れに、二人の女は突っ立ったまま両腕を垂らし、口を開けてぼんやりしている。身分ちがいの者がこのように対面することなど考えられないので、当然かもしれなかった。

若い女は二十歳《はたち》前後のようだが、とすると亀吉の兄丑松の女房だろう。

もう一人の老いたほうが亀吉の母で、まだ四十歳半ばくらいのはずだが、十三年まえに会ったときとはまるで別人であった。大柄なのに猫背になり、櫛《くし》を通したとも思えぬざんばらの頭髪はすでに半白である。しかも目が霞《かす》みでもするのか、顔を顰《しか》めてじっと見詰めていた。

「亀吉どののお母さんですね。十三年まえに一度お目に掛かりましたが、岩倉道場、いえ軍鶏道場の者でございます。その節は市蔵がすっかりお世話になりまして、改めてお礼申しあげます」

「あ、あ、あッ」と母親は節《ふし》くれだった指を突き出し、そして言った。「なんぞ、亀吉が粗相《そそう》をしよりましたなら、どうぞおこらいなしてくらはるで」

どうか堪《こら》えてくださいと、母親はまず謝ったのである。息子の奉公先から奥さまと若さまがお見えとなると、それ以外には考えられなかったのだろう。

「いえ、そうではありません。亀吉どのにはようやってもろうとります。本来なら本人もいっしょにお願いにあがらなければならないところですが、なにしろ生き物の世話を掛かり切りでやってもらっておりますので」

「ほうかいな」と母親は安堵《あんど》したが、すぐに顔を曇《くも》らせた。「ほんなら、どうゆう」

「亀吉どののことで、お母さまと兄上の丑松どのに折り入って相談したきことが」

　そのときである。

「うちが替わってくるけん」

　丑松の女房は、そう言うなり駆け出してしまった。

　みつには訳がわからなかったが、どうやら武家の母子が相手では気詰まりで堪らなかったらしく、いいきっかけができたと思ったようである。

「あ、これ。挨拶くらいせんとからに」と嫁の背中に叫んでから、母親はみつと三太夫に頭をさげた。「無作法な田舎者《いなかもん》で、まことにすまんこってす」

　事情を聞いてわかったが、今日は年に一度の道普請《みちぶしん》の日だとのことである。

　村の各家から一人ずつが出て、道の修復をするのだそうだ。崩れた石垣を積み直し、枯れた雑草を刈り取って焼き、道路にできた穴を埋めるという作業を、毎年農閑期《のうかんき》の決められた日にやっているとのことであった。

　道路だけではない。さまざまな作業を、日を決めてこなしているのである。

　村では水路の水を田に引いているが、堀の石垣の修復や小溝《こみぞ》を埋めた泥を掻《か》き出すのも、村人にとっては重要な役目であった。田への水の取り入れ口も、平等に水の配分ができるよう整えておかねばならない。また神社の境内《けいだい》の大掃除、山の神さまへの参詣《さんけい》道なども整備するが、それらはすべて各家から一人と割り当てられている。

大抵《たいてい》の家は男が出るが、亭主が病気や怪我《けが》で出られないとか、男手がない場合には女が出ることもあった。力仕事ができない寡婦《やもめ》は、親類の男衆《おとこし》に頼むらしい。

嫁は自分が替わって力仕事をすることを条件に、丑松を呼びに走ったのである。尻がおおきくて背中も広いので、大抵の力仕事なら難なくこなせそうであった。

「そう言えば、丑松の婚礼には結構な戴き物をいたっしょりまして、お礼もそのままでまことにすまんことで」

武家が参列する訳にいかないので、亀吉に祝いの品を持たせたのである。権助が健在なころだったので、一晩泊めてもらってゆっくりしてくるように言ったのだが、兄にゃより軍鶏が大事じゃと亀吉は日帰りした。

かつて岩倉家に奉公することに猛反対した丑松は、気を喪《うしな》うまで亀吉を殴った。それを知って乱暴者の兄を説得して住みこみで働けるようにしたので、母親は権助を亀吉の恩人だと思っている。それだけに、今年眠るように大往生《だいおうじょう》したと知って驚き悲しんだ。

しかし母親が知りたいのは、なんと言っても息子亀吉のことである。

みつは安心させるためもあって、師匠の権助の言いつけをよく守って良い軍鶏を育てているので、道場主の信頼を得ていること。母親の教えのお蔭《かげ》だろうが、曲がったことが嫌いな生一本《きいっぽん》な性格で、奉公人でありながら道場の弟子たちにも一目《いちもく》置かれていることなどを話した。

その例として、奉公女をいじめた年上の弟子を謝らせたことも明かしたのである。母親は相手が武士だけにハラハラして聞いていたようだが、市蔵がうまく纏めたと知って安堵したようであった。

みつは亀吉がその奉公女といっしょになることを、話していいものかどうか、随分と迷った。やはり母親だけでなく、丑松にも同時に打ち明けたかったからだ。そしてなんとか誘惑に打ち勝つことができたのである。

その市蔵が長崎で学ぶ若手の一人に選ばれ、元服して龍彦と名を改めたことを知って、母親は大喜びをした。市蔵は亀吉が打ち解けて話せる一人だと知っていたので、うれしさは一入《ひとしお》だったことだろう。

「こんなところで立ち話もなんやけん、母屋のほうへどうぞ。お茶の一つも」

「いえ、気を遣っていただかなくてもけっこうですので」

言いながらみつが母親の視線の先を追うと、手拭《てぬぐい》で頬被《ほっかむ》りをし、肩に鍬《くわ》を担《かつ》いだ農婦がじっとこちらを窺《うかが》っていた。母親が武家女や若侍と、立ち話をしているので訝《いぶか》っているのである。みつが目を向けると同時に、農婦は素知らぬ顔で歩き始めた。

嫁が丑松と交替しに行ったとき、事情を話したはずである。となると母親と丑松は、あとで村人からあれこれと訊かれることだろう。

「それではお邪魔しますが」と言ってから、みつは母親に訊いた。「お仕事の途中なのに、よろしいのですか」

「ああ、こんなもんはなんとでも」

細道から広い庭に出、開け放たれたままの母屋に入ろうとしたときであった。背後でどたどたと重い音がし、しかも不意に途絶えたのである。

振り返ると門口《かどぐち》に突っ立った大男が、頬被りしていた手拭を毟《むし》り取るようにして、ぴょこんとお辞儀をした。

丑松であった。嫁と交替して駆けもどったところだったのだ。

四

雨の日の作業のために、そして夜なべ仕事をすることがあるからだろう、土間は広く取られていた。なにかを入れた俵《たわら》がいくつも立てられている。筵《むしろ》が何枚も重ねられ、農具などが乱雑に置かれていた。

座敷にあがる手前に、広縁と言っていいほどの一枚板の段が設《しつら》えられている。みつはそこでもかまわないと言ったが、横に並んでは話しにくいので座敷にと言われた。

着物の裾《すそ》も足も埃《ほこり》にまみれていたが、洗足盥《すすぎだらい》の用意もないようなので、手で何度か払うだけですませた。

襖《ふすま》は開けられたままで、四畳間の隣に、形ばかりの床《とこ》の間《ま》付きの六畳間がある。畳はその六畳間の片隅に積みあげられ、床には薄縁《うすべり》が敷かれていた。

祭りの日とか来客のあるのがわかっているときにのみ、畳を敷くのかもしれなかった。二人の訪問は不意だったので、なんの用意もできなかったということだろう。

二人はむりやり床の間を背に坐《すわ》らされた。

挨拶を終えると、みつは来るときに要町《かなめまち》で求めた土産《みやげ》の菓子折を差し出した。茶を淹《い》れようとしてだろう母親が席を立ったが、みつはそれを押しとどめた。

「亀吉どののことで、聞いていただきたいことが」

言われて母親は坐り直した。

丑松が頬被りをしていた手拭で、しきりと顔や首筋を拭う。駆け戻ったからか、それとも肥満しているためなのか、晩秋というのにかなりの汗を掻いていた。丑松は足許を払っただけで座敷にあがったので、踝《くるぶし》の辺りには泥が付着したままであった。

それにしても、凄《すさ》まじい圧迫感を持った巨漢である。

かつてみつがこの家を訪れたとき、亀吉は市蔵とおなじ四歳であった。七歳年上の丑松はそのときはいなかったので、今回が初対面となる。

権助が亀吉を岩倉家に引き取りたいと出向いたときには、亀吉は九歳、兄の丑松は十六歳であった。

「七つ年上だと聞いておりましたので、それなりに考えておったのですが、いやはや驚かされましたです」

あとになって権助は、まさかあれほどの大男だとは思ってもおりませんでしたと述懐した。巡業で廻って来たことのある大相撲《おおずもう》の力士でも、あそこまでおおきくはなかったとのことである。

肩幅も胸の厚みもあり、腕は太くて赤銅《しやくどう》色をしていた。その稀《まれ》に見る大男が、冬だというのに片肌脱ぎになって薪割《まきわ》りをしていたのだ。

「あの太い腕で殴られて、亀吉はよう死ななんだものです」

亀吉の顔は蒼黒く腫《は》れあがり、塞《ふさ》がった片方の目は、数日のあいだ開けることもできなかったのである。

九歳で奉公を始めた亀吉が十七歳になったので、丑松は二十四歳になる計算だ。

客、それも武家の母子をまえにして、できるかぎり体を縮めているのだろう。両手を膝に突いて背を丸めてはいるのだが、それでも圧倒的な迫力である。亀吉が家に帰りたくないと思うのも仕方がない、とみつは思わずにいられなかった。

「ほれで、亀のこととは、どのようなことでございますので」

息子が粗相したのではないとわかってはいても、母親は不安な気持を隠しきれないでいる。丑松が真剣な目でみつを見詰めているが、顔がおおきいために、余計に目がちいさく見えた。

本当は訊きたくてたまらないのだろうが、母親を差し置いて訊くことは憚《はばか》られたようだ。向かいあって挨拶したとき、丑松は婚礼の祝いに対する礼を忘れなかった。見た目で判断してはいけないが、その辺りは母親に常日頃から言い聞かされているのかもしれない。

「はい。最初に、お母さまと丑松どのに折り入って相談が、と申しました。実はなんとしても、わかりました、いいですと言っていただきたくて、お願いにまいったのでございます」

お願いと言われて訳がわからず戸惑ったのだろう、母親と丑松は目をあわせた。やはり丑松は母親に任せることにしたようだ。

「ご主人の奥さまにほのように言われては、あきまへんとはとても申せまへん。ほなけんど息子の一生に関わることですので、これぱっかりは、場合によってはどうにもとゆうことも」

「ごもっともでございます」と、みつはおだやかに母親と丑松に微笑んだ。「亀吉どのの嫁取りのことですので」

少し間を取ったが、二人とも黙って待っている。どのような内容かわからないのに、迂闊《うかつ》に意見を言う訳にいかないのは当然のことだろう。刀を体の右横に置いた三太夫が、終始無言で控えているのも、どことなく不気味なはずである。

「亀吉どのがわが家で奉公を始めたおなじころに、奉公に来た娘がおりまして、二人は知りあって八年になります。お互いのことがよくわかっておりますが、そんな二人ができることならいっしょになりたいと申しまして」

なんとか抑えはしたようであるが、驚きの度合いは母親と丑松よりも、隣に坐った三太夫のほうが遥《はる》かにおおきかったようだ。みつは亀吉の実家を訪れるとだけ言って、理由とかそれに纏《まつ》わる事柄に関しては黙っていたからである。

母親と丑松はまたしても顔を見あわせたが、ややあって丑松が口を切った。

「ほれやったら亀が娘を連れて来ればええことで、なにも御屋敷の奥さまが、遠路はるばるお越しいただかんでも」

丑松の言葉に母親もおおきくうなずいた。

「おっしゃることはごもっともですが、それが不都合ということで、わたくしがまいりました次第です」

自分でも気付かずに、みつは「わたくし」と言っていた。

「どういうことですかいな。嫁取り言うたら一生の問題じゃ。いくら生き物が相手の仕事じゃ言うても、ここへ来るくらいのことはできるんとちゃいますか。軍鶏の世話なら、夜はなんとでもできるはずではありまへんか。亀が来れんとなると、よっぽど都合の悪いことがあるとしか思えんのやけんど」

「はい。亀吉どのは、丑松どのが絶対に許してくれないと思っておりますので、わたくしが代わりにまいりました」

「絶対に許さんちゅうことなんぞ、ある訳がないでわ。可愛《かわい》い弟のためにええことなら、わいが反対なんぞする訳がないんやけん」

もっともだというふうに、みつはおおきくうなずき、できるかぎりおだやかに、静かな口調で言った。

「相手が、亀吉どのより、三つも年上で、出戻り女でも、ですか」

みつは区切りながら、ゆっくりと言い、念を押すように繰り返したのである。

膝に両手を突き、背を丸めて縮こまっていた丑松が、すっと背を伸ばした。

「おおきい」との声を、みつはなんとか呑みこむことができた。目のまえに突然、壁ができたと思ったほどである。

「三つ年上の出戻り女ですか」と、丑松は顔を歪《ゆが》めた。「なんも言わんと去《い》んでくれるで、と言いたいとこやけんど、ほれでは話にもなにもなりまへんわな。せっかくお見えなんやから、話を聞かせてもらいまひょう。言うときますけんど、おそらくは聞かせてもらうだけで、むだに、喋《しゃべ》り損になると思いますが、ほれでもよろしいなら」

「ありがとう存じます。聞いていただけるだけでも、わたくしは満足でございます。万が一だめでありましても、潔《いさぎよ》く帰るようにいたしますので」

そう前置きしてみつは話し始めたが、娘あるいは奉公女、嫁と言って、サトと言う名は出さないようにした。

考えたくはなかったが、丑松あるいは母親が夫婦にはさせられないと拒《こば》んだときのことを、思わずにはいられなかったのだ。なにかの折に、サトの名が出ないともかぎらないからである。みつとしてはこれまで十分すぎるほど哀しみを味わったサトに、追い討ちを掛けるようなことをしたくなかった。

水呑《みずのみ》百姓の長女として生まれたその娘は、弟妹を飢えさせないために、口減らしに岩倉家に奉公に出された。年に二度しかもらえぬ休みの日、わずかな小遣いや用足しのお駄賃を貯めておいた娘は、弟妹のために駄菓子などを買って帰った。

それがいつしか村で、弟妹思いの親孝行な娘として評判になったのである。武家奉公しているだけに礼儀を弁《わきま》え、ちゃんとした挨拶をするだけでなく、読み書きができることもわかった。
十五、六歳になると、色白でふくよかな、しかも控え目で愛らしい娘となったのである。そんな娘を見初《みそ》めたのが、村の庄屋で世話役でもある大百姓の一人息子であった。それ以上に気に入ったのが母親である。
家の格があまりにもちがいすぎることを理由に断りはしたものの、説き伏せられて娘は玉の輿に乗った。

五

おなじ屋根の下で暮らすようになると、たちまちにして姑の嫁自慢が始まった。

礼儀作法だけでなく、読み書きや針仕事まで、サトはみつに厳しく教えられていた。武家奉公しただけのことはあると、姑は鼻高々であった。さらには大百姓の嫁としての役目も、教えられながら立派にこなしたのである。姑にとっては、まさに完璧と言っていい嫁であったのだ。

嫁に惚れこんだ姑が次に望んだのは、一日も早く孫を、とりわけ跡継ぎの男児の顔を見ることである。さすがに一年目こそ口に出さなかったが、二年目になると身内や近所の者に、やがて嫁に対しても口にするようになった。そして三年目になっても兆《きざ》しがないと、いつしか不満を漏らすようになったのである。

なんとしても跡継ぎがほしいのはわからぬでもないが、嫁にすればいたたまれない。姑は異様なまでに敏感になり、月経《つきのもの》があったかどうかを感知するようにすらなった。なぜわかるのかは謎《なぞ》だが、あったことをさり気なくほのめかされるのだ。なんとも不気味である。

三年目も三ヶ月、半年、九ヶ月とすぎて、ほどなく四年目になろうとすると、姑の態度はさらに露骨になった。

すべてにおいて完璧な嫁だけに、子を生《な》さぬことがどうしても許せなかったのかもしれない。本人に対しても辛く当たるようになってしまった。姑の気持がわかっていながら、嫁は夫に、そして義父母にひたすら仕《つか》えた。

ところがついに我慢の限度を超えたのか、姑は卑劣《ひれつ》な手を用いて自慢の嫁を追い出しに掛かったのである。

ある朝、食事の用意に取り掛かった嫁は姑に呼び付けられた。夫と義父が沈んだ顔で坐っているのを見て、胸の騒ぎが鎮《しず》まらなかった。

　そこで姑に、ふしだらな嫁は家に置くことができないと宣告されたのである。理由は作男との密通だとのことだが、まるで身に覚えのないことであった。ところがいくら訴えても、姑は聞く耳を持たない。

「しらを切るとはふてぶてしい。そこまで言うなら」と、姑は隣室に待機させておいた作男に、嫁と密通したことを白状させた。そうまでして姑は追い出したかったのだと、嫁は思い知らされたのである。

「そんな女ではない」と夫がひと言でも言ってくれたら、踏ん張ることもできたが、俯《うつむ》いて聞いているだけではいっしょにいたいとは思えない。作男を待たせていたことから姑の作為は明らかだが、当座は気が転倒してそこまで考えることができなかったのだ。

　姑の思う壺《つぼ》だとわかっていても、みずから婚家を出るしかなかったのである。玉の輿に乗ったと祝ってくれただけに村には帰れないし、実家にも作男と不義をしたので離縁したとの連絡が行くだろう。

　結局、追い出された嫁は、最初の奉公先である岩倉家に、みつを頼るしかなかったのである。まえの夜に食事してからなにも口にしていなかったので、まさにふらふらのありさまで、なんとか辿《たど》り着いたのであった。

「お母さまには先ほど少しお話しいたしましたが、丑松どのにも聞いていていただきたいと思います」

そう言ってみつは、亀吉が身を挺《てい》していじめていた若侍に喰って掛かり、ついにはサトに謝らせた事実を繰り返した。ここまで話せば実名を出したもおなじだが、みつは奉公女で通したのである。

おなじ屋敷に暮らしておれば、お互いがどのようであるかわかるようになるのは当然だろう。亀吉は次第にサトの良さを認めるようになった。

サトが先輩風を吹かせるので亀吉がうんざりしていたことは、みつは二人に話さなかった。もっとも、それは最初のうちだけであったからでもある。亀吉が若侍に謝らせてからは、二人は互いの良さを認めあうようになっていたのである。

そこへ、降って湧いたようなサトの玉の輿騒動であった。

好意を寄せてはいたものの、亀吉は打ち明けてはいなかったので、当然だがサトの気持をたしかめた訳ではない。一抹《いちまつ》の寂しさを胸に、サトの幸せを願って祝福するしかなかったのである。

ところがまる三年で離縁になったサトは、岩倉家にふたたび奉公することになった。

そのころには、亀吉は権助の跡を継いで掛け替えのない軍鶏の世話係となっていた。なんとしてもいい軍鶏を育て続けたい亀吉にとって、サト以上の理解者はいない。軍鶏に打ちこむ亀吉をサトほどわかっている者はおらず、まさに理想的な伴侶《つれあい》である。

亀吉は気持を打ち明けたかったものの、まるでサトの弱みに付けこむようで、どうしてもためらわずにいられない。悶々《もんもん》と日々を過ごしていたが、思いは募《つの》る一方である。

ついに心を決めて打ち明けたが、案の定、「年上でしかも出戻り」を理由にサトは受け付けようとしなかった。諦めきれない亀吉は掻き口説《くど》くのだが、良い返辞を得ることはできない。

それでも、機会を見付けては気持を伝え続けたのである。そしてなんとか説得できたのだが、巨大な壁が立ちはだかっていた。亀吉の家族、とりわけ丑松であった。

岩倉家に奉公して主人の軍鶏の世話をしたいと言っただけで、鉄拳を見舞われたのだ。そのような事情のある女といっしょになると言えば、縁を切られかねない。兄と弟がそんなことになれば、母の嘆《なげ》きはいかばかりか。

だが、なんとかするしかないのである。

ところが根気よく語り続けたお蔭で、いろいろな理由を挙げて渋っていたサトが、なんとか同意したのである。その気持が変わることのないよう、亀吉はみつに打ち明けたのであった。

「亀吉どのがわが家で奉公したいと言った折にも、丑松どのはひどく反対され、権助が頼みこんでようよう認めていただいたとのことでした。亀吉どのが相手を連れて話しに来たとしても、三歳も年が上でしかも出戻りであれば、とても許してはもらえぬばかりか、縁を切られかねないと申しておりました。であればと、わたくしが代理でまいったという次第でございます。最後まで話を聞いていただいて、本当にありがとうございました」

みつは母親と丑松に深々と頭《こうべ》を垂れた。横で三太夫が、おなじようにお辞儀をするのが気配でわかった。

母親は俯き、丑松は赤銅色の太い腕を組んで目を閉じてしまった。

庭や屋敷林で鳥たちが一斉に啼《な》き始めたが、そんなはずはない。ずっと啼いていただろうに、なんとしてもわかってもらわねばと思い詰めていたみつの耳には、まるで入らなかったのである。

長い時間が流れたような気がしたのは、待つ身ということもあったのだろう。いくら長くても我慢しなければならない。母親と丑松にしても、みつが話したことを洗い直さなくてはならないのだ。

「亀は果報者じゃ」

丑松は組んでいた腕をゆっくりと解《ほど》き、みつと三太夫に対して静かにお辞儀をした。母親が安堵したような顔になって、おなじく深く頭をさげた。

「わいは、兄として亀の幸せを心より願《ねご》うております。御屋敷の奥さまが、遠い道をわざわざ話しに来てくれるんやけん、ほんまに亀は果報者じゃ」

「それでは許して、いえ、認めていただけるのですね」

「許すも許さんもありまへん。亀がこの女しかないと思うたのなら、だれがあかん言いますで。わいは、ほんなわからずやではありまへん。ほれより、奥さま」

「はい。なんでしょう」

「早う、嫁はんの顔を見せてくれと、兄が言うておったと伝えてくだはれ」

「もちろんです。亀吉どのがどれほどよろこぶことか」

「亀を屋敷で奉公させたい言うて、権助はんがお見えになったことがありましたな。わいはほれまでのことがあれこれあったけん、事細かに、くどいほど訊いたんですわ。すると権助はんは、どんなことにも丁寧に答えてくれました。わいは渋々認めたけんど、つくづく思うた。亀は果報者じゃ、そこまで親身になって考えてくれる人の下で働けるんやけん、と」

「権助が聞けたなら、どれほど喜ぶことでしょう」

「聞けたなら、と言うことは権助はんは」

「亡くなりまして。お母さまには先ほど話しましたが、丑松どのは道普請からもどられるまえでしたから」

「ほうですか。ほうだったんですか。ほんまにええお人やった。もう一遍《いっぺん》、会《お》うて話したかったですわ」

「ほんまにおだやかなお人で、亀吉は運が良かったと思うとりました」

　母親がしみじみと言った。

　みつは思わず母親と丑松に頭をさげていた。

「そのように言っていただけるのが、なによりの供養になると思います」

「権助はんの下で働かせてもらえるとは、なんちゅう幸せ者じゃと思うておりましたが、今日は奥さまと若さまにわざわざおいでいただいて、亀ほどの果報者はございません」

丑松が果報者と言ったのは、何度目になるだろうか。心からそう思っているからこそ、つい言葉になってしまうのだろう。

みつにすれば心の重荷がおりた思いであった。となれば亀吉とサトに一刻も早く伝えたいからというのを理由に、丑松の嫁さんによろしくと言って二人は辞したのである。

六

門前《かどさき》まで見送りに出た母親と丑松が、繰り返し頭をさげる姿が見えなくなってから、みつは思わず笑みを漏らしてしまった。三太夫が横目で見たが、なにも言わずに前方に目を向けた。息子は息子で、思ってもいなかったできごとと、その意外な展開を思い起こしているにちがいない。

みつが含み笑いをしたのは、二人に一刻も早く伝えたいと言うまで、サトの名前を伏せ通していたことに気付いたからである。それも丑松が嫁の顔を早く見せるようにと言うのを聞き、別れる直前になるまで名を出さなかったのだ。

疲れているはずなのに足取りは軽い。みつはもっと難儀するにちがいないと思っていたし、最後の最後まで気を張り詰めていたのである。

亀吉が岩倉家に、それも軍鶏の世話をしたいために奉公すると言っただけで暴力を揮《ふる》ったほどの丑松だ。三歳年上の出戻り女を弟の女房に認めるとは、とても思えなかったからである。

それもこれも権助のお蔭だと、みつは心の裡で感謝せずにいられなかった。どれほど、あの老いた下男に援《たす》けられたかわからない。

畑中の道を辿り、般若峠《はんにやとうげ》から西へ直進する街道に出た。花房川《はなぶさがわ》沿いに上流の袋井《ふくろい》村や雁金《かりがね》村、また胸八《むなはち》峠へと続く道であった。

ほどなく南へ向かう道が分かれていて、南北に細長い蛇ヶ谷《じやがたに》沿いの盆地となっている。その先にはイロハ峠があり、松島《まつしま》港へと続いていた。

蛇ヶ谷の盆地では、脱穀《だつこく》を終えた籾殻《もみがら》を焼き、肥料として田に鋤《す》きこむためだろう、何箇所かで薄灰色の煙が真っ直ぐに立ち昇り、ある程度の高さで横に何筋も棚引いていた。火の用心のために、風のない日を選んで一斉に焼くらしかった。

横目で蛇ヶ谷盆地を見ながら、母と子はひたすら西へ向かう。道の右手は畑地となっているが、野菜や麦の類《たぐい》はまだ芽を出しておらず、一様に褐色の土に被われていた。

畑地の先は緑濃い真竹や雑木《ぞうき》の林となっていて、ところどころでそれが途切れている。花房川の川面《かわも》が見えることもあれば、流れは見えなくて音だけが聞こえる場所もあった。

二人は黙ったままひたすら歩き、やがて右に折れて高橋《たかばし》を渡った。

橋のすぐ下流は人の背丈半分ほどの深さになっているが、ほとんど流れがないので水底《みなそこ》に並んだ魚の姿が見えた。上流に頭を向けてまるで動こうとしないので、注意しなければわからないほどだ。

三太夫は父の源太夫に教わりながら、夏ごろから釣りをするようになっていた。以前なら川底で身動きもしない魚には、気付きもしなかったことだろう。

兄の龍彦が長崎に遊学しているので、三太夫は代わりに鶏合わせや若鶏の味見で亀吉を手伝うことになった。そして軍鶏の世界が剣と変わらぬくらい奥深いことを、しみじみと実感した。

権助直伝の瀬釣りを父から伝授されることになって、今度は釣りがおなじように幅も奥行きもある世界だと気付かされたのである。剣に軍鶏が加わり、釣りが新たな世界を見せてくれたのだ。どれもが端緒《たんしょ》を垣間見《かいまみ》ただけなのに、なんともいいようのない魅力に満ちて感じられた。

さらには亀吉とサトに、男と女のあいだに横たわる、人を恋うることの微妙な断面を見せられたのである。自分は世の中の人の営《いとな》みというもののほんの一部しか知らないのだ、と三太夫は思わずにはいられなかった。

高橋を渡り切ると番所があって、園瀬の城下に入る者は手続きをしなければならない。来たときとおなじ役人だったので、先ほどの書面に、もどったことを書き入れるだけでよかった。

番所を出て緩い坂を上り、広大な盆地を囲繞《いにょう》する大堤《おおづつみ》の上に出た。

いつものことだが、そこでかならず立ち止まってしまう。

園瀬盆地の北西の方角に、天守閣を中心とした城郭となだらかな斜面に扇状に展開する城下の町が一望できた。城山の裾野《すその》に広がる武家屋敷と、丑寅《うしとら》に連なる寺町の伽藍《がらん》、常夜灯の辻を中心とした町家が一幅の絵のようである。

さらに東から北に拡がる水田地帯には、島嶼《とうしょ》のように集落が見られた。花房川が暴れ川だった当時の名残《なご》りで、盛り土や石垣で水害を避けるようになっている。

「言いたいことと聞きたいことは山ほどあっただろうに、挨拶をしただけで黙って通したのだから褒めてあげます。武士の鑑《かがみ》だと言っていいでしょう」

亀吉の実家を出てから初めて、みつが三太夫に声を掛けた。

「皮肉ではないと、受け取らせていただきます」

「なにが皮肉なものですか」

「口出ししようにも、母上がなにからなにまで話されましたから、わたしの口を挟む余地はありませんでした。それにしても」

「驚いたでしょう。なにも話しませんでしたから、むりもありませんが」

亀吉とサトをいっしょにさせたいと言ったとき、母親や丑松よりも三太夫の驚きのほうがおおきかったことを思い出し、みつはなぜかおかしくてならなかった。

「そうではないかと、思っておりましたが」

「やはりわかっていましたか。花はどうなのかしら」

「わたしは、花に言われて気付いたのです。花は勘が鋭いですから」

「わかっているでしょうけど、はっきりするまでは伏せておくのですよ」

「はっきりするまでとおっしゃっても、丑松どのが認めたのですから、二人がいっしょになることは決まりなのでしょう」

「サトの親にも話を通さねばなりませんし、住まいも探さなければならないのです。二人がいっしょになると知れば、弟子の中にはおもしろがってからかう者もいるでしょう。ですから二人がいいと言うか、住まいを借りて移るまでは、伏せておかねばなりません」

「大丈夫です。本人から言われたときには、目いっぱい驚いてみせますから。花にも釘を刺しておきましょう」

「驚かせてすまなかったと思っていますよ。あちらに着くまでの道すがら話そうかと迷いましたが、かなりこみ入った話だし」

「どうせ母親と丑松に話すのだから、わたしにもそのときいっしょに、と」

「そう。手抜きですね。ですが、こういうことは真似をしないように」

みつは話を打ち切る気はなかったが、会話はそこで途絶えてしまった。

やはり、相手の心証を害することなく、しかも正確に伝えなければならないと、気を張り詰めていたのだろう、一気に疲れが出たようであった。

集落のあちこちで夕餉《ゆうげ》の支度《したく》が始まったらしく、家々から青味掛かった灰色の煙が立ち上り始めた。

大堤の道はほどなく、真っ直ぐ続く土手道と傾斜の緩い下り坂に分かれた。坂を下りて平地に出、右に折れると常夜灯の辻に向かう一本道となっている。

「母上、わが家は特別と申しますか、例外なのでしょうか」

三太夫の目は遥《はる》か前方に堂々たる姿を見せた、辻の名の由来になった常夜灯に向けられている。庵治《あじ》の御影石《みかげいし》で造られた灯籠《とうろう》は、基礎、竿、中台、火袋、笠、宝珠まで二間（約三・六、メートル）もある堂々たる物だ。

常夜灯は辻の南西角に建てられ、南東角には番所が設けられていた。番所では六尺棒を持った番人が交替で番をしている。

北東角には火の見櫓《やぐら》が組まれて半鐘《はんしょう》が取り付けられ、その横手には「時の鐘」の鐘楼《しょうろう》が設けられていた。北西角は高札場《こうさつば》である。

長崎に遊学中の龍彦が市蔵《いちぞう》だったころ、常夜灯の辻で捨て犬を拾ってきたことがあった。一番ひ弱そうな仔犬を抱き帰った市蔵は、飼ってもいいとの許しを得ると、強くなるようにと剣豪の名をもらって武蔵《むさし》と名付けた。

おそらく養子として引き取られた自分と、仔犬を重ねていたのだろう。

一日、十一日、二十一日には、辻の広場で生活用品の市が立つ。斜面に扇状に拡がる城下の要《かなめ》が天守閣だとすれば、生活の要は常夜灯の辻と言っていい。

かなり離れてはいてもくっきりと際立つ常夜灯に、三太夫はなにを見ているのだろうかとみつは思った。もしかすると、わが家が特別とか例外と言ったことに関連があるのかもしれない。

みつが黙ったままなので、しばらくして三太夫が口を切った。

「千秋館《せんしゅうかん》の友人や道場の仲間と話したという訳ではないのですが、日常の遣り取りやちらほらと耳に入ることなどから判断しますと」

「わが家は特別か、例外としか考えられないというのですね」

「そこまでではなくても、少しちがうのではないかと」

しばらく待ったが、みつが「なにが」と訊かなかったからだろう。三太夫はためらいの感じられる言い方をした。

「なにがどうのと言うのではないのですが、例えば今日のことです」

なぜ奉公人のことに、あるじ側がここまで関わるのか、と言いたいのはわからぬでもない。だがみつは、それについて問うことなく静かに待った。

「どうして奉公人のことに、母上はああまで関わるのですか」

思ったとおりであったがみつは答えない。自分の考えを述べたり問い掛けたりするより、三太夫が抱いている思いを正直に伝えてもらいたかったからだ。

「わたしの周りでは、とても考えられることではありません」

「でしょうね。当然だと思います」

母親がそれほど簡単に認めるとは、思いもしなかったのだろう。三太夫は戸惑ったような顔になった。

「と、申されますと」

「三太夫の言うとおりなのです」

七

「わたしの、ですか」

「ええ、そのとおり。わが家は特別だと思います。稀に見る例外でしょう。三太夫は惚《とぼ》けた顔をして、よくわかっているのではないですか。あッ、惚けた顔はいくら親子でも言いすぎでしたね」

三太夫が戸惑ったような顔になったのは、みつがどこまでまじめなのかの、判断が付かなかったからかもしれない。

「権助の葬儀のことを憶えているでしょう」

半年にもならないのだから忘れる訳がないではないか、とでも言いたげに三太夫はいくらか不機嫌な顔を見せた。

「恵山和尚《えざんおしよう》、つまり圭二郎《けいじろう》どのは、父上を剣の師匠、権助を人生の師匠と思っておりましたから、朝の四ツに経《きよう》を読んでもらうつもりでおりました」

その恵山が予定より一刻（約二時間）も早い五ツ（八時）に岩倉家に来たのは、源太夫たちと権助のことを語りたかったからだろう。ところが次々と弔問《ちようもん》客が訪れたのである。通夜に出られなかったとか、あとになって知ったという弟子だけでなく、通夜に来た者の顔もかなり見られた。

弟子だけではない。太物問屋《ふとものどんや》「結城屋《ゆうきや》」の隠居惣兵衛《そうべえ》や大工の留五郎《とめごろう》を始め、源太夫や権助の軍鶏仲間も次々とやって来た。

表座敷の八畳と六畳だけでなく、板の間や濡縁《ぬれえん》にまで人が満ちたのである。当時は幸司《こうじ》だった三太夫は遊山《ゆさん》の日に用いた茣蓙《ござ》を何枚も庭に敷いて、若い弟子たちにはそちらに移ってもらったほどだ。

前日の朝に亀吉が起きたとき、権助は隣の蒲団《ふとん》で冷たくなっていたのである。苦しんだ気配がまるで見られぬ、眠るような大往生であった。

源太夫は道場での指導を高弟に任せて、町奉行所に向かった。医者なり奉行所の同心の検死を経て書類を得なければ、埋葬《まいそう》ができないからである。

同心を連れもどると、高齢のための老衰《ろうすい》死であることを確認して、書類を認《したた》めてもらった。続いて葬儀と埋葬の相談のために、正願寺《せいがんじ》に恵海《えかい》和尚を訪れたが、その途中で早桶を頼むことも忘れなかった。

源太夫の指導は原則として午前中だけだが、道場は日の出から日没まで開けてある。午後にも稽古を続ける弟子はいるが、午前中のみで終える弟子が多かった。

午後になると、弟に教えられたとか、道で擦れちがった弟子の一人に聞いたとか言って、線香をあげに来る者が出始めた。七ツ（四時）の下城時刻をすぎると、さらに増えると思われた。

客に茶を出すくらいは花と亀吉にもできるだろうと、みつは幸司を連れて屋敷を出た。菓子や饅頭《まんじゆう》を多めに註文して届けさせ、酒の肴《さかな》の煮物を作るための材料を仕入れ、酒屋に寄って一升徳利《いつしようどつくり》に詰めて五升を早めに届けるように言った。

そして屋敷にもどると、腹を空かせる人もいるだろうからとご飯を大釜で炊いた。

藩校教授方の池田盤晴《いけだばんせい》と中老の芦原讃岐《あしはらさぬき》は、ともに源太夫の日向《ひゆうが》道場での相弟子である。その二人が、権助の通夜なら弔問客も多いだろうと、それぞれ一升徳利を持参した。

　予想もしなかったほど人が集まり、酒が入ったこともあるのだろうが、権助の思い出に話が弾んだ。そして驚いたことに、権助のひと言で救われたとか迷いが吹っ切れた、あるいは自分が意味のないことに悩んでいたことに気付かされた、などと話す者が多出したのだ。と言うより、かなりの弟子がそうだったのである。

　若いころはなんとか時間を都合して釣りにもでかけたようだが、年を取り足腰も衰《おとろ》えると、権助はほとんど屋敷から出なくなった。特に亀吉が弟子になって軍鶏の世話をするようになると、鶏小屋を見て廻り、庭で床几《しょうぎ》に腰掛けて唐丸籠に入れられた軍鶏を、厭《あ》きることなく見るという日々だったのである。

　弟子たちが道場に来たときと帰るときには、権助はかならず挨拶したし、ときには短い遣り取りをすることもあった。また稽古に疲れて息抜きに庭に出た弟子と、語りあうこともあったようだ。そのわずかな時間に、権助は相手が一番知りたいことや聞きたいことを話したのだろう。

「人の値打ちは、おおきく二つにわかれると思います。その一つが家の格や禄《ろく》高《だか》、その人の役目などですね。もう一つが人としての魅力です。そのどちらに重きを置くかですが、多くの人はどうしても禄高や役職に目が行ってしまいます。だから三太夫には、わが家が特別とか例外と映るのでしょう」

なぜそれが自分の感じたことに結び付くのか、三太夫はよくはわからなかったようだ。

「父上は藩屈指の剣術遣いで、剣によってお家の役に立つことができました。そして藩士を教えるために道場を与えられたのです。道場で意味を持つのはなにだと、三太夫は思っていますか」

「それは、なんと言っても名札です」

「名札ですか」

「道場の壁には強い順に右から左へ、上の段から下の段に名札が掲げられています。剣の腕の順ですね。強いか弱いかで、すべてが決まりますから。物事をよく知っているとか、若い者や幼い者の面倒見がいいとかも、決してちいさいとは申せませんが」

「ですね。では軍鶏の善《よ》し悪《あ》しは、どこで決まりますか」

「喧嘩に強いか弱いかです。いかに優れた親の血を引いていても、弱ければ駄鶏の烙印《らくいん》を捺《お》されて、それでお終《しま》いですから」

そこまでわかっていれば、みつが言うことはない。背筋を伸ばして黙って前方を見据えて、おなじ歩調で歩くだけだ。

「そういうことですか」

「そうです。そういうことなのです」

「父上は剣術遣いで道場主。意味を持つのはその人の腕だけと言っていいでしょう。同時に軍鶏飼いとして、強い軍鶏を育てることに専念しています。軍鶏の価値は強いか弱いかで決まる。父上はその人、家禄や役職なんかより、その人そのものに目を向けているということなのですね」

「人は本来そうあるべきことを、権助の葬儀で教えられた気がします。権助は人をよく見ていて、相談されたときなにを言うべきか、なにを言ってはならないかがわかっていたのでしょうね。権助が言ったのは、短い言葉、おそらくたったひと言だったたと母は思います。権助が本当にその人のことを思い、考えているからこそ、いかに短くても心に響いたのではないでしょうか。だからどなたも、線香をあげに来てくださったのです」

「わが家が特別なこと、例外であることを変だと思わずに、むしろ誇っていいのですね」

「変だと思っていたのですか」

「いえ、そうではありませんが」

「父上は道場主として、常に弟子たちに見られているのです。ですからどんな弟子に対しても、平等に接しているはずです。特に三太夫には、ほかの弟子に対するより何層倍も厳しいはずです。親子であるまえに、師匠と弟子なのですからね」と、そこで一度切ってからみつは続けた。「父上やわたしたちが、亡くなった権助にどのように接しているかを、弟子たちは見ていました。だからこそ、権助の語ることを素直に聞くことができ、そのひと言が心に届いたのです。父上が、そしてわたしたちがサトや亀吉をどう扱うかも、弟子にとってはおおきな意味があるはずです」

「だから母上は」

「いえ、わたしは弟子たちの目は気にしていません。亀吉もサトもおなじ屋根の下で暮らしている身ですからね、大切にするのは当然でしょう」

「奉公人を、犬猫のように扱う人も多いようですね」

「その家、あるいはその人のことですから、とやかく言うべきではありません。家禄や役職を無視していいというのではないのです。ただそれだけに目を奪われると、見るべきものが見えなくなることがあります。その人のみを見ることも実際には難しいですが、家格だけに目を奪われてもならないのです。両方をちゃんと見るように、見られるようにしなければならないと思います」

「わが家ではおなじ時刻におなじ場所で、奉公人といっしょに食事しますね。もっともおなじ板間でも、あの二人は一段低くなっていますけれど。まずどの家も奉公人は、主人やその家族が食べ終えてから、しかもべつの場所で食べているそうです」

「そういうことが話題になったとしても」

「もちろん、話しやしません。ただ」

「ただ……」

「権助が生きていたら、そんな人よりも犬猫のほうが余程上だと言いそうですね」

「そういう冗談は、母とだけのときにするように」

ピシャリと釘を刺しながら、みつは三太夫の表情がいつの間にか、すっかり明るくおだやかになっていることに気付いた。

常夜灯の辻には番人がいて書面も用意されているが、領民はいちいち記帳する必要はない。軽く会釈《えしゃく》するだけで素通りした。

辻の南西角には常夜灯が建てられているが、その名のとおり夜を徹して灯りを点《とも》している。何段もの踏み板付きの脚立《きゃたつ》にあがって、番所の番人が手入れを終えた油皿に油を補充しているところであった。

みつと三太夫は、常夜灯の辻で折れて西への道を進んだ。途中で何本か道が交叉し、それを左に進むと濠に橋が架けられている。

大濠を堀之内に渡る橋は大橋だけであるが、逆方向には何本かの橋が架けられていた。鎗組、鉄砲組、弓組などの組屋敷の多くは大濠の外側に設けられているからだ。一朝《いっちょう》事あれば組士たちは、持ち場に駆け付けなければならない。

巴橋《ともえばし》への道をすぎれば厩町で、次の通りを左に進めば明神橋《みょうじんばし》だが、二人は中ノ丁を真っ直ぐに進んだ。やがて右前方に広大な調練の広場が見え、ほどなく左手に岩倉家の二本の門柱が見える。

門から武蔵が駆け出て来た。明るい茶色をしたこの犬は、四本の足先が足袋《たび》でも穿《は》いたように白く、尻尾《しっぽ》の先も白いので、暮靄時《ぼあいどき》となってもやけに目立つ。

武蔵を追うようにして亀吉が門から出て来ると、みつと三太夫にお辞儀をした。だが瞬時に二人の表情を見たのだろう、パッと明るく顔が輝くのがわかった。その背後からサトが出て来て、恥ずかしそうに笑みを浮かべて頭をさげた。

果たしてどうなるだろうと、用をしながら気を揉み続けていたのだろう。みつはなにも言わず、二人に何度もおおきくうなずいてみせた。

事情がわかった訳ではないだろうが、武蔵がうれしそうに四人の周囲を飛び跳ねた。

八

二日後であった。

「三太夫」

朝食が終わって、サトが全員の湯呑に茶を注ぎ終えるのを待って、みつは息子に声を掛けた。

「はい。母上」

神妙に答えたが、母の意図がわかったらしく、畏《かしこ》まったふうでありながら幽《かす》かな笑みが隠されているのがわかった。

「父上がなさっている鶏合わせや味見の、手伝いはできますね」

「なんとか」

「軍鶏の餌の作り方、与え方はどうですか。当然できるでしょうが、わからなければ亀吉に教えてもらうように」

「そう鯱張《しゃちほこば》ることはなかろう」と、源太夫が全員を見廻した。「それに、もうだれも知っておるようだ。だがよいか、これは身内だけのことであるからな、はっきりするまでは他人《ひと》には洩らさぬように」

源太夫はそう言うと、湯呑茶碗を手に席を立った。道場に出るまえに、表座敷の八畳間で静かに茶を飲むのが習慣になっていた。

夫の後ろ姿を見送ったみつが顔をもどすと、亀吉とサトが顔を真っ赤に染めている。みつが二人のことを三太夫と花に明かすからかと思ったが、そうではないらしい。

源太夫が身内だけのことと言ったが、その身内にどうやら自分たちも含まれているらしいと知って、信じられぬ思いをしているのだ。武家のあるじが奉公人を身内扱いするなど、考えられないからである。

そんな二人を一瞥《いちべつ》してから、みつは息子と娘に言った。

「来春になりますが、亀吉とサトが夫婦《みょうと》になります」

すでに知っているはずなのに、花はまさかという顔をしてみせた。三太夫は母といっしょに亀吉の母と兄の丑松に会っているので、心得顔でうなずく。

「亀吉にサト、おめでとう」

「サトと亀吉、おめでとう。よかったわね」

名前を出す順はちがったが、三太夫と花がほとんど同時に声を掛けた。言われた二人は口をもぐつかせ、不明瞭な声で礼を言った。

「一昨日《おととい》、三太夫を供に亀吉の実家《さと》に話しに行って来ました。亀吉が軍鶏の世話をするため奉公すると言っただけで、丑松どのにひどく殴られたそうです。亀吉がサトを連れて行っても、追い返されかねないですからね。なんとしても、うんと言ってもらわねばなりませんから」

丑松は弟の奉公先の女主人が来たので、仕方なく話を聞いたのである。しかし、すこしずつ態度に変化が見られた。みつが話すのを最後まで聞いた丑松は、かなり考えこんでから、弟が幸せになれるのならと納得してくれた。しかし内心では喜んでくれたようで、早く嫁さんの顔を見せるよう、亀吉に伝えてくれと言ったのである。

「ですが、まだ本決まりという訳ではありません」

みつがそう言うと、亀吉とサトの表情から笑みが一気に退《ひ》いた。

「だから、二人に仕上げをしてもらわなければならないのです。昼ご飯を食べたら、亀吉はサトといっしょに出掛けなさい。親御さんに、サトを嫁にくださいとちゃんと頼むのですよ」

奉公先の主人夫婦、亀吉の母と父親代わりの兄には、許しをもらっていることをはっきり言うように、とみつは念を押した。できるなら二人もいっしょに行きたいのだが、それはできない。亀吉とサトだけでなくみつと三太夫までがいなくなると、弟子たちがなにかあったのだろうと気にするからであった。もしかすると亀吉とサトが、と勘繰る者もいるかもしれないからだ。

「では、出るときには声を掛けるように。持って行ってもらうものがありますから」と、そこでみつは息子に目を据えた。「三太夫は軍鶏の餌を作ったことはないのでしょう」

三太夫が答えにくそうにしたので、亀吉が控え目に口を添えた。

「ほんなら三太夫さま。道場に出られるまえに、お教えいたしますんで」

三太夫をうながした亀吉は土間におりて草履《ぞうり》を履くと、両手を膝に突いてみつに深々とお辞儀をした。

「奥さま、本当にこの度《たび》は、なんからなんまでありがとうございました。なんちゆうてお礼申してよろしいんやら」

「当たりまえのことをしただけですよ」

「材料のことや作る手順もあるので、手控えを取ったほうがよいかな」

三太夫がそう訊くと、亀吉は顔のまえで手をおおきく振った。

「夕方は、朝ほどあれこれ入れんでもええんです。糠《ぬか》と刻んだ菜《な》っ葉《ぱ》を水でよう練って、七ツごろにやってもらえれば。あッ、それからきれいな飲み水だけは、絶やさんように願います」

なおも語りあいながら二人が裏口から出て行くと、サトが箱膳を両手に持って洗い場に向かおうとして立ち止まった。

「ほなら、うちは洗い物と洗濯に掛かりますけんど」

歯が擦り減って一枚板のようになった下駄を履くと、箱膳を板の間に置いてサトはみつに頭をさげた。

「亀吉っつぁんとおなじになりますが、ほんまになにからなにまでありがとうございました。旦那さまと奥さまには、親以上に尽くさせてもらいますけん」

「そんなことより、サトは十分に辛い目に遭《あ》ったんだから、これから亀吉といっしょに取りもどすのですよ。と言ってもむりはしないように。むりをすると、かならず皺寄《しわよ》せが来ますからね。短いあいだのことでは辻褄《つじつま》があわないように見えても、一生で見れば、良いことと悪いことの釣りあいは取れるそうだから」

わたしがそうだったから、とまではみつは言わなかった。サトと亀吉は新しく船出をして、これから二人の日々が始まるのだ。山もあれば谷もあることだろう。サトに言ったというより、自分に言い聞かせたのかもしれないな、とみつは苦笑した。

サトが洗い場に去って、さてと思うと、花がじっと見ていた。

「手習いはいくらか上達しましたが、花が直さなければならないところは、いくつもあります」

「いくつも、ですか」

「なによりも花はムラが多すぎますよ。気持が乗ると、お手本に負けぬほど上手に書くこともあるのに、そうでないと」

「蚯蚓《みみず》がのたくったようなな」

「だったらまだ救われます」

なにを言われるのか、花には見当もつかないようだ。

「蚯蚓が焙烙《ほうろく》で煎《い》られて七転八倒《しちてんばっとう》してるみたいな字です」

パチパチと音がしたので横目で睨むと、花が手を叩いていたのである。

「ごめんなさい」と言いながら、花はペロリと舌を出した。「だって母上、おっしゃったことがあまりにもピッタリだと思ったから」

言った瞬間に言いすぎたとわかったようだ。花はしおらしく俯いたが、しおらしく見せようとしたきらいがないでもない。

「このあとは『女今川《おんないまがわ》』の続きをやりますが、ここ当分は続けたほうがいいようですね。女が、娘が守らなければならないことが、わかりやすく、はっきりと書かれていますから。では始めましょう。あ、そのまえに」

花がその場に身を投げ出しそうにしてから、あわてて姿勢を正した。いささかやりすぎだが、みつはなにも言わなかった。

「すみれさんと布美さん、この二人には気を付けなければね」

言われて花はキョトンとしている。

すみれは入門して間もなく道場の名札を、末尾ではあるが最上段に掲げた仲吉の年子の姉、布美は佐一郎の妹であった。布美は花の十日後に生まれたし、すみれは少し上ということもあって気があうようだ。月に一度岩倉家に集まって、あれこれ教えあい、喋るのを楽しみにしている仲であった。

「仲がいいものだから、うっかり亀吉とサトのことを洩らしそうです」

「母上」と、花は背筋を伸ばして言った。「それでしたらご心配なく。話していいことと悪いことは、わきまえていますから」

「と言いながら、ときどきうっかりがありますからね、花には」

源太夫が道場に向かったので、みつは花に『女今川』を声をあげて読ませるため、六畳間に向かう。

龍彦が遊学のため長崎に行き、幸司が元服して三太夫に名を改めた。そして半年前には考えられなかったことだが、奉公人のサトと亀吉が所帯を持つことになった。

やがて三太夫が嫁を取り、花が嫁《とつ》ぐ日が来るだろう。人の営みは少しずつ変わるものだし、あるいは思いもしないほど急激に変化することもある。

背筋を伸ばして正面を見ていれば、悪いことは避けられるし、でなければ短い時間で解決できるはずだ。それを続けていれば良いことが増えていく。少なくとも、そう考えたほうが人生は楽しくすごせるはずだから……。

承継のとき

一

「一丁《いっちょう》いくか、幸司《こうじ》」

佐一郎《さいちろう》が声を掛けたのは、常夜灯の辻で時の鐘が四ツ（十時）を告げたときであった。まるで鐘が鳴り始めるのを待っていたかのように、勝負を挑んできたのである。

元服《げんぷく》して通称が三太夫《さんだゆう》となってからも、佐一郎は幸司と呼ぶことが多かった。肉親としての親しみをこめてというより、いつまでも子供扱いしたいからだろう、と思わないでもない。

だが三太夫は頓着《とんちゃく》せずに、「はい」とすなおに受けた。

そして二人は、ひと言も交わすことなく黙々と竹刀《しない》で打ちあわせたのである。終始、三太夫が優勢で進めたこともあって、佐一郎は無言を通すしかなかったのかもしれない。

名札が上位の者の試合が始まると、弟子たちは稽古《けいこ》を中断して見物する。いや、見学と言うべきだろう。

上位の者の勝負を見ることは、いかなる稽古にも優《まさ》る。竹刀を打ちあっているだけではわからぬことに気付かされるので、なにを措《お》いても見るように、と源太《げんだ》夫《ゆう》は常に語っていた。

そのため弟子たち全員が、道場の壁を背にコの字型に正座し、三太夫と佐一郎の勝負に目を凝《こ》らしていたのである。

道場の壁に掲《かか》げられた名札は強い順に右から左へ、上段から下段へと並べられている。岩倉《いわくら》道場では一段が三十五名であった。

順位は年に二度、源太夫の判断によって並べ替えられた。現在、佐一郎の名札は最上段の右から三番目、三太夫は五番目に掲げられている。

結果は三太夫の五勝で、佐一郎は一本も取ることができなかった。

入門したばかりのころ、幸司はまだ佐吉《さきち》と名乗っていた佐一郎に軽くあしらわれた。まさに子供扱いされたのである。十歳前後における三歳という齢《とし》の差は、さすがにどうしようもなかったのだ。

ところが年齢を加えるにつれて差を詰め、十四歳の夏には急接近していた。秋に元服して三太夫と名を変えてからは、抜きつ抜かれつが続いていた。

そしてついに全勝した。本人にとっても、思いもしない結果であった。

佐一郎のほうから挑んだのだから、まぐれとか、相手の調子が良くなかったかということは考えられない。

三太夫にとって初の快挙であったが、佐一郎にすればこれほどの屈辱《くつじょく》はないだろう。なぜなら多くの弟子だけでなく、師匠の源太夫をまえにしての完敗だったからだ。

弟子たちは黙したままであった。だれの目にも二人の順位が逆転したことは、火を見るよりも明らかである。

稽古という名の勝負を終えた三太夫と佐一郎は、短く形式的な礼を交わした。あわただしく籠手《こて》、面、胴を外す。見所《けんじょ》に端坐《たんざ》した源太夫に深々と頭をさげると、防具を控室に置き、手拭《てぬぐい》と着替えを手に先を競って道場を出た。

井戸端で稽古着を脱ぎ捨てると、下帯だけになる。衣紋《えもん》掛《か》けに掛けて風通しのよい木陰《こかげ》に吊《つ》るす意味がないほど、稽古着はぐっしょり濡《ぬ》れて重くなっていた。サトに洗わせるしかない。

三太夫が釣瓶《つるべ》で水を汲《く》みあげると、両掌《てのひら》で受けた佐一郎が口を漱《すす》いで吐き捨て、続けて二度も三度も飲み干した。入れ替わって、おなじことを繰り返す。

手拭で汗を拭《ふ》くと小盥《こだらい》で濯《すす》ぎ、新しい水に換えながら、何度も汗を拭き取っては濯いだ。すっかり拭き浄《きよ》めたので、さすがに心地《ここち》よくなった。

すでに九ツ（正午）をすぎているので、道場にはもどらない。二人は小袖に着替えた。

稽古着を摑《つか》んだ三太夫が一礼し、母屋《おもや》に向かおうとすると佐一郎が声を掛けた。

「ちょっと、待て」

勝負を挑んでからひと言も発しなかったのは、屈辱のためにちがいないが、そのままですませる訳にもいかなかったのだろう。

振り向いて首を傾《かし》げると、佐一郎が言いにくそうに言った。

「なにがあったのだ」

「と申されますと」

「親父どのに極意を授《さず》けられたようだな」

でなければ急に強くなれる訳がないと言いたいのだろうが、三太夫は意味がわからぬという顔でさらに首を傾げた。佐一郎が焦《じ》れるのがわかったので、問われた意味に気付いたというふうに笑みを漏《も》らした。

「ああ、そのことですか。でしたら、たしかに教わりましたけれど」

「だと思うた。で、どのように教えられたのだ」

「ですが、師匠より佐一郎さんの忠告に従ったことのほうが、遥《はる》かにおおきいと思いますが」

「わしの忠告だと。なにを訳のわからぬことを。忠告したことなどないぞ」

「道場主の息子が、新入りの弟子といっしょに朝の道場の拭き掃除をしていては、ほかの弟子がやりにくくてかなわぬ。佐一郎さんにそう言われたことがありましたね」

なにを言い出すのだと警戒するような目で見はしたものの、佐一郎は黙ったまま うなずいた。

「道場では親子でなく師匠と弟子の関係ですが、ほかのお弟子さんにとっては親子でしかないからだと思いました。ですので元服を機に、道場の拭き掃除はせぬことにしたのです」

「それで暇ができたため、親父どの、ではなかった、師匠になにかと教わるようになったのだな」

「はい」

「一体、なにを教わったのだ」

「瀬釣りです」

「セヅリだと、なんだそれは」

「川の早瀬での釣りを瀬釣りと言います」

「それくらい知っておる」

「佐一郎さんは釣りをなさらないのですか」

「やらん」

「わたしは始めたばかりですが、なかなかいいものですよ。師匠からは」

三太夫は佐一郎に対し、父の源太夫を師匠だと強調した。

「釣りは剣技に通じると言われました」

「釣りが剣技に、だと」

佐一郎は疑わし気《げ》な色を、目に浮かべたまま訊《き》いた。

「だれだってそう思いますよね」

「釣りが剣技に、か」

佐一郎は繰り返したが、まるで解《げ》せぬという顔をしている。

仕方なく三太夫は話したが、まず釣りから説明しなければならなかった。経験のない者にわからせるのが、いかにたいへんかを思い知らされた。

釣竿《つりざお》に釣糸《テグス》、浮子《うき》、錘《おもり》、釣針、餌《えさ》やその釣針への刺し方、釣った魚を入れる魚籠《びく》、それらがどういうものであるかから始めた。取り敢《あ》えずと思ったのだが、相手が知らないとなると、連鎖的にあらゆることを説明しなければならない。

「浅くて流れの急な早瀬で釣りますので、錘は付けません」

釣竿より二尺（約六〇センチメートル）ほど長い釣糸の、浮子の下に五つから十《とお》の鉤素《はりす》を、釣針が道糸の逆方向に来るように短く結ぶ。すると急な流れでは鉤素が道糸と直角、つまり真横に枝分かれして前後に揺れ動くので、魚が生餌《いきえ》と勘ちがいして喰い付きやすい。

佐一郎は三太夫の説明を黙ったまま聞いているが、どこまで理解しているかはわかりかねた。

「今の時季、わたしが花房川《はなぶさがわ》で瀬釣りをするのは鮠《はや》ですが、鮠はご存じですか」

「知っておる。父が釣ってまいるでな」

組屋敷住まいの者の中には、食事に供するためもあるが、非番の日は釣りに出かけることがあった。

佐一郎は御蔵番なので、三日勤めと言って三日ごとに当番となる。当日は朝の四ツから夕刻の七ツ（四時）まで、番所に詰めておればいい。

それ以外の主な仕事は、半年に一度の割で武器蔵や食糧蔵の収納物を調べることである。

鉄砲、弓、鎗《やり》の数を確認し、傷《いた》みがあれば補修するが、自分たちの手に余れば職人に直させた。そして備蓄した米の量、品質や鼠害《そがい》のあるなしを調べるのであった。場合によっては、補充しなければならないこともある。

また城下の東北部には寺を集めてあるが、石垣が高く堀を巡らせ枡形《ますがた》を配してあるので、敵襲があればたちまちにして砦《とりで》に早変わりする。そのため各寺院にも食糧と武器を保管してあり、こちらも半年に一度、在庫等を確認しなければならなかった。武器蔵、食糧蔵とは三月《みつき》ずつずらしているので、年四回の検査でひと廻りとなる。

それ以外は暇な職なので、組屋敷の藩士たちは非番の日には内職に励み、趣味と実益を兼ねて釣りをする者が多い。鮠は雑魚《ざこ》なので家族で食べるくらいだが、鮎《あゆ》や鰻《うなぎ》、そして鯉《こい》となると要町《かなめまち》辺りの料理屋にそこそこの値で売れ、小遣《こづか》い稼ぎができた。

佐一郎の父修一郎《しゅういちろう》は、そういう事情もあって釣りに出かけることがあるのだろう。

岩倉道場は日の出から日没まで開けているが、源太夫が指導するのは、例外を除いて午前中だけであった。だが藩士の中には日没まで稽古に励む者もいる。佐一郎は特に熱心な一人で、面擦《めんず》れができていた。非番の日は当然として、当番の日も道場を開ける六ツ（六時）から番所に詰める四ツまえまで、ひたすら汗を流していたのである。

幸司に差を詰められると、佐一郎の稽古時間は増えた。元服して三太夫になってからは同等になったので、さらに稽古量を増やしていたのである。

それなのに全敗してしまったのだ。

佐一郎にすれば、父親の源太夫に極意を授けられたとしか考えられなかったのだろう。三太夫が釣りと剣技の関連を持ち出したのも、佐一郎にすればはぐらかしとしか思えなかったのかもしれない。

昼になったこともあり、稽古を終えた弟子たちが次々と体を拭き浄めにやって来る。

三太夫と佐一郎が話しているのをふしぎそうな顔をして見るが、軽く頭をさげるだけでだれもなにも言わない。先ほどの勝負のこともあるので、いい加減な口出しができなかったのだ。

釣りの話であれば聞かれてまずいこともないのだが、二人は濠《ほり》に近いほうに移動した。

「裸足《はだし》になって、踝《くるぶし》の上から膝《ひざ》下辺りの浅い瀬に立って釣るのですが、実に爽快でしてね。あれほど心地よいものだとは、わたしは思いもしていませんでした」

三太夫はそう前置きしてから、実際の釣りについて佐一郎に説明した。相手が信じようが信じまいが、理解できようができまいが、ともかく話すことにしたのである。

瀬釣りは流れに向かって直角の位置に立ち、竿を振って浮子を前方のなるべく遠くに落とす。鉤形になった竿と釣糸が一直線になるまで、弧を描くように瀬を流して行く。喰いがないまま浮子が下流の岸近くまで流れると、竿を振ってふたたび前方に落とし、それを繰り返した。

そうしながら、ひと流しごとに数歩ずつ、下流に移動して釣るのである。

「波に揺られながら流れくだる浮子を、ひたすら目で追うのですがね。錘を付けませんので、浮子は当然として釣糸も鉤素も釣針も、水面に浮くかわずかに沈んだ状態で流れるのです。浮子の少し下流で水面《みなも》が細かく震えて盛りあがった瞬間を、見逃してはなりません。透かさずあわせないと、餌を奪われて逃げられます」

「それが剣技に通じるということなのか」

「鮠が餌に喰い付くとわずかに揺れて浮子が沈みますが、そのときに竿をあげたのでは手遅れで、餌を取られてしまいます。その直前に水面が微かに震えて盛りあがるのを見極め、間髪《かんはつ》を容《い》れずに竿をあげねば逃げられますから」

佐一郎は思いを巡らせているようだが、おそらく言葉で聞いただけでは理解できないだろう。

「濠や池とちがって、流れくだる早瀬ですから水面は絶えず変化しています。動いているのと、鉤素は五本から十本もありますので、浮子の少し下流の微細な震えと盛りあがりを見極めるのは至難です。ですが、うまくいけば一度に何尾も釣りあげられるのですよ」と、ひと呼吸置いて続けた。「わずかな狂いなのでしょうが、最初はうまくあわせられずに餌を取られてばかりでした。それでもまぐれで釣れることがあり、そうこうしているうちに、次第に微妙な間を体得できるようになりましてね。釣れ始めると道場での成績が急に、自分でも信じられぬほどよくなったのです」

思い当たることがあったからだろう、佐一郎が興味を示したのがわかったが、それでもまだ眉唾《まゆつば》でいるらしい。もともと疑り深いのか、相手が三太夫だからかはわからないが、佐一郎は簡単に信じようとはしなかった。

「投避《とうひ》稽古を続けていると、相手が次にどこをねらっているか、どういう攻めで来るのかがわかるようになるでしょう」

無言のままだが、佐一郎はわずかにうなずいた。実際に取り組んでいる稽古なので、納得できる部分があるからだ。

投避稽古は岩倉道場独自の稽古である。

離れた場所から体、おもに顔をねらって物を投げ、避けられるようになると次第に速くし、最終的には全力で投げ付けるのである。それでも避けることができれば、距離を縮めて、それを繰り返す。

半信半疑で取り組んだだれもが、その成果に驚くくらい効果的な稽古であった。

「わたしにはまだ十分にはわからないのですが、瀬釣りを続けると、投避稽古に近い意味で、なにかが得られる気がします。敵、と言っても魚ですが、その敵と駆け引きができるようになるのかもしれません。やっていることはまるでちがっていても、どこかで投避稽古と共通するものがあるのでしょうね。言葉ではうまく表せませんが」

ウームと佐一郎は唸《うな》りを漏らした。腕を組んで空に目を遣《や》り、考えに耽《ふけ》っているようである。

たしかにこの夏になって急に強くなり、元服を機に一気に腕をあげたのは事実であった。佐一郎はそれを精神的なもの、心構えができたからだと見ていたようである。

それだけではないらしいとわかったので、思わず唸ったのだろう。

二

「瀬釣りに行けば、往復を入れて少なくとも一刻（約二時間）は取られます。ときの浪費だと思いましたよ。一刻のあいだ身を入れて稽古に励めば、かなりのことができますからね」

「それ以上の成果があったということだな」

「佐一郎さんも試されてはいかがですか。稽古では得られぬ収穫があると思いますが」

それほど勧《すす》めても、佐一郎は踏ん切りが付かぬらしい。

「竿を過《あやま》たずにあげることができると、銀鱗《ぎんりん》が煌《きら》めいて、鮠の細かな体の震えが釣竿を握った右手に伝わります。なんとも言えぬ快感でしてね」

「ねらいどおり、相手より一瞬速く技を決められたようにか」

なんとも鬱屈《うっくつ》した言い方は、いかにも佐一郎らしい。先刻の勝負と切り離しては考えられないのだろう。

「論より証拠と申しますから、佐一郎さんもぜひ瀬釣りをなさいよ。わたしも釣りなんてと思っていましたが、剣技に通じると言われたので、であればともかく試して見なければと気が変わりましてね。なにごとも、やってみなければわからないと、しみじみ思いました」

剣技に通じると繰り返したので、佐一郎はいくらか心が動いたようである。

「秋ですから裸足で流れに入るのは、水が冷たくてかなわないでしょう。ですが岸から釣ればよろしいのですよ。わたしは夏でしたから裸足で浅場を歩きながら釣りましたが、あれほど楽しいとは思いもしませんでした」

ウームと、またしても佐一郎は唸った。

「釣果《ちょうか》のあるなしよりも、裸足で瀬に立つこと自体が楽しいのです。急流の波に弄《もてあそ》ばれながら早瀬を流れて行く浮子を目で追っていると、脛《すね》や向こう脛にくすぐったい感触がありましてね。足の指にも、ですよ。なんだと思われますか」

「わかる訳がなかろう、瀬釣りをしたことがないのだからな。それより、幸司」

「三太夫ですが」

思わず口にしてしまった。

「ああ、そうだったな」

佐一郎は苦笑したが、三太夫と言い直しはしなかった。

「急な流れに立っていて、脛や向こう脛がくすぐったいとは、どういうことだ」

「なんだとお思いですか」

「わからぬから訊いておるのではないか。大体、幸」と言い掛けて、佐一郎はわざとらしく言い直した。「三太夫の話には、むだが多すぎる」

今度は三太夫が苦笑する番であった。なにを言っても、佐一郎は気に喰わぬらしい。

「見ますとね、せいぜい五分（一・五センチメートル）か一寸（三センチメートル）の小魚が、足を突《つつ》いているのですよ。人の肌の塩気や脂《あぶら》を舐《な》めているのでしょうか。ほんの僅《わず》かでしかないでしょうが、小魚にはそれで十分なのかもしれませんね」

「おっと待った。今度はそのままにはできぬぞ。むだが多いだけでなく、不正確極まりない。せめて言葉くらい正しく使えよ」

　佐一郎が難癖を付けようとしているのはわからぬでもないが、さすがに聞き逃す訳にいかなかった。とは言っても年上の肉親であれば、露骨に抗議する訳にもいかない。

「どこが不正確でしょう」

　精一杯、おだやかに切り返す。

「どこが、だと。なにもかもだ。幸」

　今度は睨《にら》み付けたが、佐一郎は視線を逸《そ》らさずに言う。

「おまえには脛と向こう脛のこと、そのちがいがわかっておるのか」

　佐一郎は幸司でも三太夫でもなく、おまえと言い換えた。

「そのつもりです」

「わかっちゃおらん。浅いが、急流に立っておるのだぞ。だろう」

「そうです」

「流れが急であれば、小魚が脛や向こう脛を突ける訳がなかろう」

それを聞いて三太夫が噴き出すと、佐一郎の形相《ぎょうそう》が憤怒《ふんぬ》に変わった。

「なにがおかしい」

「だって、重箱の隅を楊枝《ようじ》でほじくるようなことを、冗談ならともかく、真顔でおっしゃるから」

「なんだと」

佐一郎は血相《けっそう》を変えたが、三太夫は軽く受け流した。

「急流ですよ。激しい流れの中で小魚が、脛や向こう脛を突ける訳がないでしょう」

「当たりまえだ」

「急流に直角に立っているのですから、小魚が突くのは、脛や向こう脛の下流側に決まってるじゃないですか。そこだって脛であり、向こう脛なのです。点ではなくて面なんですよ。杓子定規《しゃくしじょうぎ》に決め付けなくたって」

「だったら、そう言えよ」

「えッ」と、三太夫はまじまじと佐一郎の目を見た。「そんなことは、わかりきったことではありませんか」

佐一郎にはそれを考えること、想像することさえできないのだと、ようやく三太夫にはわかったのである。

「おまえがそう思っておるだけだ」

不機嫌《ふきげん》極まりない顔で佐一郎は吐き捨てた。

となれば、なにを言ってもむだである。融通《ゆうずう》が利かない四角四面なこの男は、いわゆる常識というものが通じないのだ。

そういうことなのか、と三太夫はそのときになって、次席家老が嫡男鶴松《ちゃくなんつるまつ》の剣の稽古相手に自分を選んだ理由がわかった。

鶴松には重職の息子たち五人の学友がいて、ともに藩校「千秋館《せんしゅうかん》」で学び、鶴松がそうだが、個別に学者の教えを受ける者もいた。

次席家老の九頭目一亀《くずめいっき》は鶴松と学友に、西の丸に近い上級藩士のための道場で武芸に励むように言っていた。将来、老職となるからには、文武に秀《ひい》でていなければならないからである。

鶴松たちは最初こそ道場に通いはしたが、鶴松と一名の学友以外は腕が劣《おと》るため、その道場ではまともに扱ってもらえなかったようだ。家老屋敷には敷地内に立派な道場があるのに利用しない手はないと、学友が鶴松をそそのかしたのである。

いくらか気の弱いところのある鶴松はそれを受け容《い》れた。学友たちは最初こそ稽古の真似事《まねごと》をしたものの、そのうちにお喋《しゃべ》りをしてすごすようになった。

一亀は息子を叱《しか》ることをせず、自力で立ち直るようにさせようと思ったらしい。一亀が言えば鶴松は従うだろうが、それは表面だけで、自分の意思で変わらなければ意味をなさない。そのため同年輩で剣の腕が立ち、考えがしっかりした者を稽古相手にすることに決めたと考えられる。

岩倉道場に来て弟子たちの稽古を見た一亀は、佐一郎と幸司を指名し、みずから竹刀を取って地稽古をした。一亀は江戸で相当に励んだらしく、かなりの力量の持ち主である。

幸司はいかなる場合であろうと、全力を尽くさねば相手に対して礼を失することになると、常に言い聞かされていた。それもあってだろう、一亀の作ったわずかな隙を逃《のが》さず籠手を決めることができた。

ところが佐一郎は、一亀が何度も見せた露骨と言っていいほどの隙に、まるで応じようとしなかった。相手が次席家老だから慮《おもんぱか》ったのだろうが、ということは一亀のねらいがまるで読めていなかったのである。

こんな男に鶴松を立ち直らせることはできないと、一亀は一途《いちず》でありながら筋の通った幸司を選んだということだ。力量で上廻る佐一郎よりも、未熟、未完ではあっても、幸司の器がおおきくたしかだと見たのだろう。

ところが佐一郎は、自分より腕の劣る幸司が選ばれたのには、裏があるはずだと勘繰《かんぐ》った。源太夫は藩政改革の功労者であり、次席家老や中老とも親しいため、手を廻したと思いこんでいたのだ。

その半年ほどまえに幸司の兄龍彦《たつひこ》が、藩費による長崎遊学の四人の一人に選ばれたこともあって、その思いを強くしたらしい。伝手《つて》がなければ、わずかなあいだに龍彦が長崎遊学、幸司が次席家老の息子の稽古相手に選ばれる訳がないからだ。

それにしても佐一郎は頑《かたく》なになって、心の余裕を喪《うしな》っている。考え方が本道を外れて隘路《あいろ》に嵌《は》まりこんでしまっていることに、本人は気付くこともできないのだ。そうとしか三太夫には考えられなかった。

「いかがですか、佐一郎さん」と、三太夫はできるかぎり陽気に呼び掛けた。「騙《だま》されたと思って、瀬釣りをやってご覧なさいよ。一度やれば病み付きになりますから」

「騙されたと思って、だと」

「そうなんです。一日どころか半日も潰《つぶ》れません。一刻あればなんとかなります。鮠が瀬で餌を漁《あさ》るのは、日の出か日没の四半刻《しはんとき》（約三〇分）かせいぜい半刻（約一時間）ですからね。花房川までの往復を入れても、一刻あれば十分楽しめます。わたしはなんとしても佐一郎さんに、鮠との心の躍《おど》るような駆け引きを、存分に楽しんでもらいたいのです」と、そこで三太夫は間を取った。「と言うのは真っ赤な嘘《うそ》でして」

あまりにも佐一郎が頑なゆえ、からかうつもりはなかったが、つい言ってしまったのである。いけないと思いはしたが後の祭りだ。

「なんだと」

こうなってしまっては、取り繕《つくろ》ったところで意味がない。憤激《ふんげき》する佐一郎をさらりと躱した。

「正直申しまして、できれば勧めたくないのです」

「なぜだ。なにが言いたい」

「あの絶妙な間合いを、佐一郎さんに習得されてご覧なさい。せっかく開けることのできた差を、短時日で詰められるに決まっていますからね」

火に油を注ぐことになるのがわかっていながら、三太夫はさらに挑発《ちょうはつ》した。あまりにも佐一郎の反応が直接的なので、つい翻弄《ほんろう》したい誘惑に勝てなかったのである。

自分の力量が上、それもかなりの差を開けていると明言したもおなじであった。五戦全勝を踏まえて、佐一郎の傷口に塩を擦《す》りこんだのだ。

困ったことに三太夫は小気味よい快感を覚えていた。そして自分にそのような、俗っぽく子供じみた一面があったことに気付いて、軽い狼狽《ろうばい》を覚えずにいられなかった。

頬《ほお》に佐一郎の視線が突き刺さるのがわかったが、三太夫は素《す》っ惚《とぼ》けて、盆地の南に連なる山々に目を向けたまま続けた。

「お父上に頼めば、喜んで教えてくれるのではないですか。道場のお弟子さんにも釣りを楽しんでいる人はいるようですから、相談されてはいかがでしょう」

横目で窺うと、佐一郎もおなじように山々に目を向けているが、苦虫を噛《か》み潰《つぶ》したような顔であった。

「なんなら手を取り足を取りして、教えてあげましょうか。ほかならぬ佐一郎さんですから、わたしが身に付けたすべてを惜《お》しげもなく教えてもいいですよ。くどいようですが、手取り足取りして」と、そこで三太夫は含み笑いをした。「どうやら、ねらいを見抜かれたようですね。いささか幼稚すぎましたから当然でしょう。謝ります。そのように言えば、佐一郎さんは意地でもわたしに教えろと言えませんからね。これでわたしの優位は揺るぎません。では、失礼」

三太夫はそう言うと、濡れた稽古着を摑んだまま、あとも見ずに母屋に向かった。

年長者に対してこれほど無礼な物言いもないが、佐一郎は呶鳴《どな》りもしなければ、呼び止めすらしなかった。

三

生垣《いけがき》に設けられた柴折戸《しおりど》を押して、母屋側の庭に移りながら、早くも三太夫は後悔していた。

鬱憤《うっぷん》を晴らし溜飲《りゅういん》をさげることができたが、あまりにも露骨すぎたからだ。いくら言葉の弾《はず》みとはいえ大人気《おとなげ》なかったと、自身十四歳という若造でありながら、三太夫はおのれの若さ、いや幼さを思い知らされた。

脛と向こう脛の、それも些細《ささい》なことで鬼の首でも取ったように言われ、ついムキになってしまったのだ。しかし、あそこまで頑迷《がんめい》に来られると、からかわずにいられなかったのである。

いけない、まるで反省になっていないではないか。

裏庭に水を満たした盥が用意されていた。三太夫が汗で重くなった稽古着を持ち帰るのを、見越してのことだろう。三太夫は稽古着を水に浸《ひた》した。

裏口から入ると、板の間では箱膳をまえにしてだれもが食べずに待っていた。父の源太夫、母のみつ、妹の花《はな》、一段低い板敷《いたじき》では亀吉《かめきち》とサトが正座している。三太夫の姿を見てみつがご飯を装い、サトが温まった味噌汁《みそしる》を椀に入れ始めた。

「先に食べてくれたらよかったのに」

「もどるのがわかっているのだから、そうはいきませんよ」

母の言葉を父が引き取った。

「佐一郎に捕《つか》まっておったのだろう」

「なかなか、放してもらえませんでした」

父は三太夫が佐一郎に五戦全勝したことには、ひと言も触れようとしなかった。

三太夫が坐《すわ》ると全員が両手をあわせ、ご飯の碗《わん》と箸《はし》に手を伸ばした。食べ終えるまでだれも無言であった。

器を箱膳に置いて「ごちそうさま」と言うと、早めに食べ終えていたサトが湯《ゆ》呑《のみ》茶碗を出した。

話があれば源太夫は茶碗を手に立って、「向こうで話すか」と表座敷に誘うのが常であった。湯呑を手に静かに喫《きっ》しているのは、佐一郎との勝負については特に語るほどでもない、との意思の表れだろう。

「恵山和尚《えざんおしょう》を訪《おとな》おうと思いますので、午後の味見の手伝いはどなたかにお願いしたいのですが」

夏の終わりから秋に掛けて、軍鶏《しゃも》は翼や羽毛の一部が抜けて生え変わる。つまり換羽《かんう》期なので鶏合わせ（闘鶏）は取り止めていた。

しかしその年に孵化《ふか》した若鶏は翌年まで換羽しないので、味見、つまり稽古試合をおこなっていた。どんな軍鶏がいて、いかなる闘い方をするかをわからせるためなので、短い時間しか対決させない。

それだけでも能力のある若鶏は相手の攻め方と守り方を、瞬《またた》く間に自分の技に採り入れてしまう。それがわかっているので、なるべく多くの若鶏と闘わせるのだ。

「気にせずともよい。手伝いたい弟子は、いくらでもおるでな」

「正願寺《せいがんじ》に行くのでしょう。だったら頼みたいことがあるのだけれど」

みつがそう言うと、板敷きで亀吉が立ちあがった。

「何個《なんぼ》かいな」

「えッ、わかっているの」

「柿とちゃあうで」

「お母さま。亀吉でなくたってわかります」と、花が鼻をうごめかせた。「だってお顔に書いてありますもの。柿を頼みたいのだけれどって」

娘の冗談にみつは笑いを漏らした。

「お住持《じゅ》っさんに差しあげるのだから、艶《つや》のあるきれいなのを選んでね。二十個もあればいいでしょう」

「へい。わかっとりますけん」

「うち、手伝う」

サトが立ちあがってそう言うと、亀吉は早くも土間に降りて草履《ぞうり》を突っ掛けながら、手をおおきく横に振った。

「かんまんでわ、足手纏《あしでまと》いになるけん」

「亀吉、そんな憎まれ口を叩くものではありませんよ」

かまわないと言われたサトに、みつは後を追うようにうながした。サトは当地ではイカキと呼ばれている笊《ざる》を抱えて、亀吉のあとを追った。

園瀬《そのせ》の里ではどの家も屋敷地はかなり広い。下級藩士の組屋敷であっても、大抵《たいてい》は四季を彩《いろど》る果樹が植えられている。蜜柑《みかん》、柿、無花果《いちじく》、栗、枇杷《びわ》、茱萸《ぐみ》、梅、桃、楊梅《やまもも》などであった。もっとも楊梅は大樹になるので、組屋敷の敷地には植える訳にいかない。

蜜柑は大振りな夏蜜柑と、小さくて濃密な味を凝縮《ぎようしゆく》した酢橘《すだち》が植わっていない家はなかった。柿は干柿にする渋柿と、そのまま齧《かじ》れる甘柿の二種を植えた家が多かった。

「そういえば、しばらく烏鷺《うろ》を闘わせておらんな。和尚のご都合を、訊いておいてくれんか」

「わかりました。ですが相手でしたら、どちらかはいらっしゃいますよ」

三太夫が訪れるのは恵山和尚だが、源太夫の碁敵《ごがたき》はその師僧である恵海《えかい》和尚であった。恵山が恵海に碁を教わっているのは、三太夫も知っていた。

「碁はな、いや将棋でもおなじだろうが、よく似た力量でないとつまらぬのだ」

「恵山和尚はまだまだですか」

「でありゃよいのだが、圭二郎《けいじろう》にはわしも住持も歯が立たぬ」

圭二郎は源太夫の弟子だったころの、恵山の名である。源太夫はかつての弟子を、若いころの通り名で呼ぶことがあった。

「出藍《しゅつらん》の誉《ほま》れですね」

「なにが言いたい」

「恵山和尚は、碁の師匠の恵海和尚を負かしたのでしょう」

「圭二郎より自分のことを考えろ」

「とんだ藪蛇《やぶへび》でした」

「さて、軍鶏を見て廻るか」

源太夫は膝を叩いて立ちあがった。

その姿が見えなくなってから、みつが三太夫を窘《たしな》めた。

「武士はむだなことを言わぬものです。男をさげますよ」

「お兄さまは、男をあげなすったのですよ」

なにかを言いたくてたまらなかったらしく、ここぞとばかり花が口を挟んだ。

「あら、どういうことなの」

「佐一郎さんに、五戦して全部勝ったんですって」

「余計なことを言うものではない」

妹の口から言われると、さすがに照れ臭い。

四

「佐一郎どのに、いささか閉口しておるのではないのか」

土産《みやげ》に持参した柿の礼を述べたあとで、恵山が笑みとともにそう言った。あまりにもさり気《げ》なく言われたので、この人はなにもかもお見通しなのでごまかしは利《き》かないと、三太夫は瞬時にそれがわかったのである。

だから肉親であるだけに微妙な佐一郎とのあれこれも、ごく自然に打ち明けられたのだった。今日の勝負のことを中心に、角力《すもう》の「勇み足」に近いような井戸端での遣り取りも、あるがままに話せたのである。

「閉口でしたら佐一郎さんのことより、自分の幼さにうんざりしてしまいました」

それに関してはなにも言わず、恵山は独り言のような言い方をした。

「佐一郎どのは瀬釣りをしない、と思うておるのではないのか」

僧侶らしい雰囲気と口調を身に付けているのですっかり老成して感じられるが、恵山はまだ二十代の半ばである。

「ではないですかね、意地もあるでしょうから」

「そう思うて当然であろう」

「と、申されますと」

「朝の勝負とそのあとの遣り取りが、佐一郎どのの頭にも胸にも、克明に刻みこまれておるだろうからな」

「と、申されますと」と言ってから、三太夫は自分の額《ひたい》を軽く叩いた。「いけませんね。おなじ問いを続けてしまいました」

「わしは話を聞いただけゆえ、却《かえ》ってよくわかり、あれこれと判断できるのかもしれん。だが三太夫どのは、考えようとすると相手のぎらぎらした目や苛立《いらだ》ちを含んだ声、それらが鮮やかに蘇《よみがえ》るのであろう。声や表情は言葉より遥かに強烈であるからな。となると意地もあるので、佐一郎どのが瀬釣りをするとは考えられんはずだ」

「そうではないとお考えですか」

「佐一郎どのにとって一番の願いは、強くなることだろう。人に負けたくない。特に三太夫どのにはな。その三太夫どのが急激に力を付けたが、秘密は瀬釣りでの魚との駆け引きで、どうやら極意と言っていいものを摑んだらしい。となれば佐一郎どのは試さぬ訳がないのではないかな。強くなりたいとの思いのまえでは、意地などは取るに足らぬことだろうから」

「たしかにそうかもしれませんが」

「ともかく佐一郎どののほど、熱心でひたむきな若者は見たことがない。当寺に初めて来たのは、まだ幸司だったころの三太夫どのが同道してのことであったな」

「恵山和尚の話を聞きたいのだが、一人では行けぬので、ぜひいっしょに行って紹介してくれと言われましたので」

佐吉と幸司は岩倉道場においてめきめきと腕をあげていたが、だからだろう、事あるごとに兄弟子たちにからかわれた。腕をあげて天狗《てんぐ》になっておるようだが、先生の秘剣「蹴殺《けころ》し」を見ていないではないか、と。

霜八川刻斎《しもやかわこくさい》を倒したことで、岩倉源太夫の名は一気に剣術遣いたちに知られることになった。そのため南国の小藩園瀬に、武芸者たちが次々とやって来て対決を望んだのである。

相手が竹刀か木刀で応じれば道場で対決したので、弟子たちは壁際に正座して勝負を見た。見たといっても、実際の動きがどうであったかとなると、だれにもわからなかったはずだ。双方が動いたときには、相手が倒れていたからである。

でありながら古くからの弟子は、その場にいたというだけなのに、それを自慢にしているのだ。ではあっても、おまえは見ていないではないかと言われれば反論できない。なぜなら事実だからである。

相手が真剣での勝負に拘《こだわ》れば早暁《そうぎよう》に並木の馬場で対決したが、源太夫は高弟の何人かにはのちのためにと見せたのであった。当時は大村圭二郎だった恵山は、師匠の「蹴殺し」を何度も見ている。

だが佐吉が入門したときには、源太夫は弟子たちに勝負を見せることをやめていた。そのため佐吉は、源太夫が「蹴殺し」を行使した現場に何度も居合わせ、のちに出家して僧恵山となった圭二郎に目を付けたのだろう。どうしても恵山の話を聞きたいと思って、道場主の息子幸司を誘ったにちがいない。

願いが叶うと、佐吉は幸司が呆《あき》れるほど根掘り葉掘り訊いたのであった。

「三太夫どのはたしか一度、いや二度であったな」

「いくら詳しく話していただいても、実際に見ないかぎりわからない、いや、見てもわからないと言いますか、見ることすらできないだろうと思ったからです」

「佐一郎どのは、そこに思いがいかなかったようでな」

「そうしますと、あれからも」

「何度、訊きに来たことか」

恵山は指を折り始めたが、どうやら佐一郎は正願寺に四度か五度は来たらしい。

「そればかりか、先だっての古枝玉水《ふるえだぎょくすい》との並木の馬場での勝負の折には、佐一郎どのは木の幹に隠れて見ていたらしい。朝まだきで十分な明るさはないうえに、十間《けん》（約一八メートル）も離れておれば見える訳はないのだが」

「であっても、なんとしても見たかったのでしょうね」

「佐一郎どのと三太夫どのを足して二で割れば、丁度《ちょうど》いいのかもしれんが、そうもいかんからな。人とは難しいものだ」

なんとも言いように困り、三太夫は曖昧《あいまい》な笑みを浮かべた。

「あれだけの熱意の持ち主であれば、かならず瀬釣りを試すはずだ。試さずにいられぬ、佐一郎どのの性格から考えればな。しかし意地もあるので、絶対に他人に、とりわけ三太夫どのには知られたくない。瀬釣りはどこでやっておる」

「流れ橋の上流《うわて》です」

「道場からだと一番近いからな。それにあそこはよく釣れる」

「和尚さんは釣りをなさるのですか」

「十悪と言って、仏法《ぶっぽう》では人が犯してはならぬ十の罪悪が定められているが、その筆頭が殺生《せっしょう》だ。僧の身でありながらそれを犯すことはない。釣りに夢中になったのは、子供のころのことだよ」

「それを伺《うかが》って安心しました。あるいは今でも秘かに釣りを、と」

「きつい冗談であるな。三太夫どのが流れ橋の上流となると、佐一郎どのはもっと下流、沈鐘《ちんしょう》ヶ《が》淵《ふち》か高橋《たかばし》に近い早瀬を選ぶはずだ。うそヶ淵に流れこむ瀬は魚影が濃いが、おそらくそこまでは行かぬであろう」

榎《えのき》の巨樹の根方に川獺《かわうそ》が巣を作っているのでうそヶ淵と呼ばれているのが、城下からはもっとも遠い位置にある淵であった。恵山がそんなことまで知っているとは、三太夫は思いもしなかった。

「ですが佐一郎さんは、本当に瀬釣りをするでしょうか」

「まちがいなくやる。断言してもよい。それにしても、三太夫どのは策士であるな」

「わたしが策士、ですか。一番縁がない言葉だという気がしますが」

「いや、佐一郎どのに対する話の運びは、なかなかのものだと感心したぞ。手取り足取りしてとか、これでわたしの優位は揺るぎません、などは十代の半《なか》ばで言える台詞《せりふ》ではないからな。それまでに話したことを踏まえ、意地でもわたしに教えろと言えませんからね、と運んだのはすごいの一言に尽きる。佐一郎どのは腸《はらわた》が煮えくり返る思いをしながら、それでも瀬釣りに行かずにはいられまい。わしは三太夫どのの話術を、その筋の運びを法話の中に採り入れねばと思ったほどでな」

「お戯《たわむ》れを」

「佐一郎どのに強いままでいてもらいたい。弱くなられては困る。常に切磋琢磨《せっさたくま》して、互いに腕を磨《みが》いてさらなる高みを目指したい。それが三太夫どのの本心と見たが」

言われてみると、まさにそのとおりだという気がした。意識していなかったことに、初めて気付かされたのである。

自分に全敗するなんて、それは佐一郎ではない。徹底的に打ちのめし、奮起させ続けてこそ佐一郎ではないか。

恵山が指摘したとおりであった。佐一郎に口惜《くや》しい思いをさせられ、次はなんとしてもその思いを倍にして返してやる、そう思って三太夫は励んできたのである。

自分はなんとしても、佐一郎に瀬釣りをしてもらいたかったのだ。今になってはっきりとわかった。

あの目まぐるしく変化する水面の、浮子の下流にある五本から十本の鉤素を注視してもらいたい。その先にある釣針の辺りが微かに盛りあがると同時に竿をあげ、銀鱗を震わせてきらめく細い魚体と、竿から右手にくる震えを感じてもらいたかったのだ。

道場で随一と言っていい稽古量を誇る佐一郎であれば、魚との駆け引きでまちがいなく、閃《ひらめ》きを得られるはずである。

「佐一郎さんは瀬釣りに行くでしょうか」

「ああ、行かずにおられるものか」

「行きますね」

「おうよ。この首を賭《か》けてもよいぞ。と言えるほどの首でもないがな」

「そうしますと、わたしは明日からどうすればいいのでしょう」

「どういうことであるか」

「佐一郎さんは、明日もまちがいなく道場に顔を見せます」

「来ればよいではないか。来なければ、そのときに案ずればいいことだ」

「どんな顔をすればいいのでしょう」

あまりにも曖昧な問いだからか、恵山は少し考えてから言った。

「百面相《ひやくめんそう》はできるか」

「不器用な顔ですから」

「不器用な顔か、おもしろいことを言う。どんな顔ができるのだ」

「そうですね。楽しい、喜ぶ、怒る、哀しい。せいぜい、それくらいしかできないです」

「十分だ。それでこそ人だからな」

「人、ですか」

「それだけ出せれば立派な人だ。喜怒哀楽と言って、それが一番の人間らしさだからな。わたしは人間ですと、胸を張って大道を歩けるぞ。そのどれかを、いや半分しか出せない者もおるのだ。感じないのか、それとも忘れてしまうたのか」

「和尚さん相手に禅問答《ぜんもんどう》などできません」

「三太夫どのと禅問答をやろうとは思わん。それに、これは禅問答以前だからな。明朝《みようちよう》、まちがいなく道場で顔をあわせる。どういう顔をすればいいか、わからなくて当然だ。今日の遣り取りのあとではな」

まさにそのとおりであった。食事をしているときも茶を飲んでいるときも、明日の朝、佐一郎にどんな顔をすればいいのか、わからないで困っていたのである。

弾みとはいえ、あまりにもひどいことを言ってしまったからだ。言ったときにはさほど感じなかったが、あとで繰り返し言葉が蘇って、佐一郎がどう感じたかと思わずにいられなかった。

こんなことでは、翌朝は困ったことになるのがわかっていた。どんな顔をしても、佐一郎だけでなく自分もまた、気まずい思いをせずにいられないだろうという気がしたからだ。

そんなとき、ふと顔が浮かんだのが恵山和尚であった。もしかするとわかってもらえるかもしれない、と思ったのである。

正解であった。自分から問わなくても、恵山のほうから訊いてくれたのだ。

「どんな顔をしたらいいのか、それがわからないのです」

答えながら三太夫はつい笑っていたが、なぜなら、なにも悩むほどのことではなかったのだと気付いたからである。恵山は包みこむような笑みを浮かべると静かに言った。

「そのままでいい」

「そのままでいられそうにないので」

「佐一郎どのもおなじだ」

「おなじですか」

「おなじだとも」

きっぱりと言われて、三太夫は初めて気付いた。

「そうですね。そうなんだ。わたしは自分のことしか考えられませんでした。佐一郎さんにすれば」

「肉親で三歳も年下の三太夫どのに言いたいように言われたが、どうにもできぬ。なぜなら五戦して全敗したのだからな。で、悶々《もんもん》として今夜は一睡《いっすい》もできぬかもしれぬ。ところがそうさせた三太夫どのもまた、自分の言ったことが相手を苦しめただろうと悶々としておる。あちらも悶々、こちらも悶々」

恵山はいかにものんびりと、もんもんと繰り返した。そのせいか、悶々という言葉が持つ本来の重苦しさを離れて、なんとも滑稽《こっけい》に感じられた。

「愉快ではないか。それなのに双方とも笑えない。どちらも自分のことだけを考えて、相手のことがわからぬからだ。相手がなにを考えているかがわかれば、笑わずにいられないだろうよ、二人とも」

「としますと、今日の勝負とそのあとの遣り取りは、なかったことにすればいいということですね」

「無茶を言うものではない。現にあったことをなしにはできぬ」

「そのまえの日までのようにすればいい、という意味ですが」

「できるのか」

「と思いますけど」

「三太夫どのはいい。心の構えができたろうからな。だが佐一郎どのはどうか、などと考えだしたらそれこそきりがない。やってみることだ」

言われるまでもなかった。恵山が少し離れた場所から二人を見ているように、自分自身に、そして佐一郎に対しても距離を置いて見なければならない、と三太夫は気付いたのである。

恵山と話して、というより話を聞いて、三太夫は自分の狭小《きょうしょう》さをまざまざと見せつけられた思いであった。これからの人生、いろいろな人に出会うことだろう。ちゃんとした自分を持っていないと、その都度《つど》、相手に振り廻されることになる。

肉親であり道場の兄弟子である佐一郎とまともに付きあえないで、まったくの他人といかにして良好な関係を保てるだろうか。

恵山和尚を訪ねてよかった、と三太夫はしみじみと思った。

五

元服して床の拭き掃除をしなくなってからも、三太夫はどの弟子よりも早く道場に顔を出すようにしていた。道場と住まいがおなじ敷地にあるのだから、当然のことだと思っていたのだ。

掃除を終えた年少の弟子たちを労《ねぎら》い、声を出していっしょに道場訓を唱える。そして素振りで体を解《ほぐ》しながら、地稽古や掛かり稽古をする相手が姿を見せるのを静かに待つ。

毎朝のように一、二番を争うのが戸崎伸吉《とざきしんきち》と岩倉佐一郎であった。特に伸吉は、それまで投避稽古で勝てなかった年子の姉すみれに勝てるようになって、すっかり気分を良くして張り切っていた。

ところが翌朝、伸吉は普段と変わらぬ元気な顔でやって来たものの、佐一郎は姿を見せなかった。弟子たちが溌溂《はつらつ》とした声で挨拶《あいさつ》しながら道場入りするたびに、三太夫は出入口に目をやるが、佐一郎でないのがわかって気落ちした。

前の日、執拗《しつよう》とも言える絡《から》みに辟易《へきえき》していたのに、僧恵山と話したことですっかり気が楽になり、いつしか待ちわびるようになっていたらしい。ところが佐一郎は姿を見せない。勝負で全敗したことがそこまで堪《こた》えているのかと、三太夫は暗い気持にならざるを得なかった。

ほかの弟子たちも表情には出さぬが、多くの者が気にしているようだ。

「おはようございます。いやぁ、すっかり遅くなってしもうた」

普段よりおおきな声とともに佐一郎が現れたのは、六ツを半刻もすぎてからであった。顔が火照《ほて》っており、薄っすらと汗を掻《か》いている。

昨日、井戸端で話したときとは別人であった。少しも暗いところがないばかりか、活き活きとしているのである。

直立して左右の体側に両手を当てると、佐一郎は見所に坐った源太夫に深々とお辞儀した。続いて道場訓を掲げた額のまえに進むと十三条を唱えたが、むりをしているのではないかと勘繰りたくなるほど明るい。しかし不自然さが微塵《みじん》も感じられないので、三太夫は戸惑《とまど》わずにいられなかった。

「あれほど愉快なものだとは思わなんだぞ」

横を通りすぎながら三太夫にそう言うと、佐一郎は武者窓の下に行って素振りを始めた。

瀬釣りに出掛けたのだとわかったが、前日の鬱屈した遣り取りからは、信じられぬほどの変貌《へんぼう》であった。もしかすると、空元気《からげんき》ではないだろうかと疑ったほどだ。

年少組が藩校「千秋館」に行かぬ日なので、三太夫は午前中、たっぷりと打ちこみ稽古の相手をした。緩く構えてときに隙を見せ、ひたすら相手に打ちこませる。それを捌《さば》きながら、呼吸や間、相手の動きにいかに対するかを、体に憶《おぼ》えさせるための稽古であった。

その都度、良いところと悪いところを指摘して、どうすれば今より良くなるかを教え、悪いところを修正させる。実際には良いところはほとんどないのだが、少しでもあれば認めるようにしていた。認められると自分でも良いと思うのか、繰り返し言われているうちにできるようになるのがふしぎであった。

　午前一杯をかけて、十数人の年少組にたっぷりと稽古を付けた。中に二人ばかり鋭くて動きの速い者がいたので、三太夫は薄っすらとではあるが汗をかいた。

　汗にまみれた年少組の面々が、大騒ぎをしながら井戸端で汗を拭うのを待つ。篠笛《しのぶえ》を吹きでもするような甲高《かんだか》い啼《な》き声に空を見あげると、鳶《とび》が地上からの風に乗ってゆるやかに滑翔《かっしょう》していた。

　かなり長いあいだ見ていたが、一度も羽搏《はばた》くことなく浮いていられるのが奇妙でならない。自分の力を使わなくても、ときおり翼の角度を変えたり揺らめかせたりするだけで、驚くほど長く大空を舞っていられるのである。剣の道にも通じるものが、と思わずにいられなかった。

　絞った手拭で体を拭いていると、佐一郎がやって来た。

「取り敢えずどういうものか試すつもりだから、軽い気持だったのだ。七ツ半(五時)には瀬に着いたのでな、教わったとおりに、ああ、親父に教えてもらったのだよ。竿からなにまでそっくり借りてな」

「お父上とごいっしょではなかったのですか」

「おれはそのつもりだったが、釣りは一人でするものだと言われた」

「たしかにそうですね」

「まえの晩にあれこれ教えてもらったのだが、あんなにうれしいものかね」

「なにがでしょう」

佐一郎に場所を譲りながら、三太夫は儀礼的に訊いた。

「人に教えるってことがだよ。普段は無愛想な親父が、嬉々として教えようとするので驚かされたぞ。三太夫はつまらなさそうな顔で年少組に教えているが、本当は教えることが楽しい、うれしいことなんだと気付いて、思わず笑ってしまったほどだ」

あまりの屈託《くつたく》のなさに、三太夫はすっかり調子を狂わされてしまった。

「つまらなそうな顔かどうかは、自分ではわかりませんが、決して楽しいなんてものではないですよ。言っても言っても、わかってもらえませんからね」

「それだけに思いが伝わったときには、内心ではうれしくてならないのだろう」

そのような面があるのは事実なので、三太夫は否定しなかった。稽古着を脱いだ佐一郎は、手拭で体を拭いては小盥で濯ぐことを繰り返している。そうしながら喋り続けた。

「流れの石をひっくり返して餌の青虫を探してな、教えられたとおり釣針に刺した」

青虫はトビケラの幼虫で水中に住み、石の窪《くぼ》みに口から吐き出す粘りのある糸で、微細な砂や禾本《のぎぐさ》の繊維《せんい》などを綴《つづ》って隠れ家を作り、そこに潜んでいる。おなじトビケラの仲間で、微細な砂で筒状の巣を作って姿を隠すものもいた。

三太夫にとってはわかり切ったことだが、佐一郎が父親に教わったことを話すのを黙って聞いた。

「で、流れに直角に立って竿を振るのだが、やってみて初めて三太夫の言ったことがわかったな」

「わたしの言ったことがですか」

「浮子の下流の水面が微《かす》かに盛りあがるというか、変化とも言えぬ変化がある。これだ、今だと思って竿をあげたときには、餌を取られて鮠には逃げられてな」

佐一郎が話すのは前日に三太夫が語ったことなのだが、実際にやってみたことで、新鮮に感じられたのだろう。だから話さずにはいられないのだ。

何度も餌を取られると、早めに竿をあげるようにするのだが、すると餌は付いたままである。初の試みでうまくいくはずがない。それでもまぐれで釣りあげたときの、なんともいえぬ快感を味わうことができたようであった。

　三太夫は聞いているうちに、自分の胸の裡《うち》に蟠《わだかま》っていたぎこちなさが次第に消えてゆくのが感じられた。

「釣果《ちょうか》はいかほどでしたか」

「四半刻で切りあげようと思っていたが、ついつい半刻もやってしまった。お蔭《かげ》で道場に遅刻してしもうたのだが」

「しかし、釣れたのでしょう」

「恥ずかしながら、半刻も粘ってたったの六尾だった」

「すごい」

　思わず言ってしまった。心のどこかで一、二尾も釣れれば上出来だろう、ぐらいに思っていたのかもしれない。

「たった六尾だぞ」

「わたしも半刻ほどで四尾でしたが、それでも天才」

「天才だと」

「天才は、いくらなんでも大袈裟《おおげさ》だとわかっていますがね。おまえは天才だ、人並外れた素質があると褒《ほ》められたのですよ」

「まことか」

そう言った佐一郎の顔は輝いていた。むりもないだろう。自分には天敵にも等しい三太夫よりも素質がある、と言われたも同然なのだから。

嘘も方便《ほうべん》と言うが、ここは佐一郎にいい気分でいてもらいたいと思ったのである。三太夫は最初の日に八尾を釣りあげ、天賦《てんぷ》の才があるとおだてられた。それもあって、釣りの楽しさおもしろさに目覚めたと言っていい。

これでまちがいなく、佐一郎は瀬釣りの虜《とりこ》となるはずだ。

「馬には乗ってみよと言われるが、まさに名言であるな。早瀬に竿を振ってみて、初めてわかることだ」

微妙に意味がちがうような気もしたが、三太夫はそれには触れなかった。佐一郎の興奮に水を差してはならないと思ったからだ。

「急な流れに向かって竿を振り、水面を流れくだる浮子や鈎素にひたすら目を凝らす。繰り返しそれをやっているうちにだな、おれは突然、自分が無心になっているのに気付いたのだ」

「無心に、ですか」

「そうだ無心だ。それまでの、つまり瀬に向かって竿を振るまでのおれは、まったくその逆であった」

「と、申されますと」

「雑念だらけ、というか、全身、いや心身に雑念が充満して、はち切れんばかりになっていたのだよ。つまり雑念が着物を着、竹刀や木刀を振り廻し、三太夫に厭味《いやみ》を投げ掛けておったのだな」

「いくらなんでも極端」

「ではないのだ」

佐一郎が言葉を掠《かす》め取った。驚いて顔を見ると、相手はおおきくうなずいた。

「雑念が消えて無心になったとき、突然、おれは自分の姿が見えた気がして、愕《がく》然《ぜん》となった」

「おかしいですよ」

「なにが」

「今日の佐一郎さんがです」

「であろうな」

「えッ」

思わずそう言って、三太夫は言葉を続けられなかった。

「それほど意外か」

いえ、と言えなかったのである。

「当然だろうな。昨日までのおれにうんざりしていた三太夫にすれば、今日のおれを信じられる訳がない。当たりまえだ。本人のおれ自身が信じられんのだから」

「やはり、変です」

「なにが」

「佐一郎さんらしくありません」

「おれらしさって、なんだよ」

「そ、それは」

「答えられないだろう。いや、責《せ》めてるんじゃない。だって、当たりまえだからな」

「と、申されますと」

「三太夫にわかる訳がない。おれ自身が、瀬釣りをするまで気付かなかったのだから」

こうなると三太夫にはなにも言えなかった。

「正直に話すが、瀬釣りをするまで、おれは悶々としていたのだ」

思いもしていなかった言葉が飛び出したので目を円《まる》くしたが、同時に恵山の言葉が耳に蘇った。ゆったりした口調で恵山は、「あちらも悶々、こちらも悶々」と言ったのだ。

「悶々ですって」

「ああ、悶々としておった。考えてもみろ、手ほどきしてやった、それも三歳も年下の三太夫に五戦五敗、全敗、完敗、完膚《かんぷ》なきまでに叩きのめされたのだ。用がある訳でもないのに、午後の稽古を休んだのは初めてでな」

三太夫は正願寺に恵山を訪れ、もどったのが日暮だったので道場は覗《のぞ》かなかった。そのため佐一郎が午後の稽古を休んだことは、知らなかったのである。

組屋敷に帰った佐一郎は、表座敷で大の字になって、天井を見あげたまますごしたそうだ。考えまい思うまいとしても、繰り返し勝負が、一つ一つの場面が頭を過《よぎ》るし、三太夫の声が耳に、いや頭中に木霊《こだま》となって反響する。

ときおり襖《ふすま》の陰から母の布佐《ふさ》が、そして妹の布美《ふみ》がようすを窺《うかが》うのに気付いていた。母も妹も心配でならぬものの、さすがに声を掛けられなかったようだ。

「明日は非番だが、これでは道場に出られないと思ってな。考えてもみろよ、どんな面《つら》をすればいいのだ。事情を知っている道場仲間に師匠、そして三太夫に。そして相手もおなじだと気付いた。三太夫にしろ道場仲間にしろ、どういう顔をすればいいのかわからぬのは、おれとおなじだ。さすがに師匠は、泰然自若《たいぜんじじゃく》としておられるだろうがな」

「そうですか、悶々とされましたか。実はわたしも佐一郎さんに、あまりにもひどいことを言ったと後悔のあまり、悶々としてなにも手に付きませんでした。それで思い切って、正願寺に恵山和尚を訪ねましてね」

「恵山和尚を、か。おれは思い付かなかったな。そうか、恵山和尚をな。で、和尚は良い助言をしてくれたか」

「あちらも悶々、こちらも悶々。互いに悶々としながら、相手が悶々としていることを二人とも知りもしない。そう言われて、悶々としているのは自分だけでない、佐一郎さんはもっと悶々としているだろうことに、初めて気付いたんです」

ハハハハハと佐一郎が高笑いした、屈託のない笑いに釣られて三太夫も笑った。

井戸端では道場から出て来た弟子たちが次々と体を拭いていたが、昨日のことがあっただけに、笑いあう二人に驚きの顔を隠せないようであった。

「明日は道場に出られないと考えたそのとき、瀬釣りを思い立ったのだ。そうだ、釣りをすればいくらか気が紛《まぎ》れるかもしれない。気分が楽になれば道場に出ればいいし、むしゃくしゃが、つまり悶々が消えなければ、終日、河原にいてもいいや、とな」

「それでお父上に」

「釣り道具一式を借り、手ほどきしてもらったという次第だ」

花房川の流れ橋の上流にある瀬に着いても、心は塞《ふさ》いだままだったそうだ。悶々としながら、佐一郎はひたすら竿を振り続けたのである。

恵山和尚は、三太夫がよく出掛ける流れ橋の上流は避けるだろうと言ったが、佐一郎にはそんなことを考える余裕すらなかったのかもしれない。

「ところがおれは、唐突《とうとつ》に気付いたのだよ」

あまりにも静かでおだやかな喋り口に、三太夫が思わず佐一郎を見ると、相手はゆっくりとうなずいた。

「竿を振っているうちに、さっき言ったようにいつの間にか無心になっていたのだ」

その言葉は二度目だったが、それだけ新鮮な驚きだったのだろう。

「無心に」

「そうだ、無心にな。瀬釣りを始める直前まで、おれの胸の裡にはさまざまな思いが詰まってはち切れそうだったのだ。邪念、雑念、俗念、妄念《もうねん》、そういうものが充満していた。念々たる思いに胸が塞《ふた》がれて、悶々としておったのだな。念々悶々って訳だが、釣りに集中しているうちに、それら、つまり邪念、雑念、俗念、妄念なんぞは、雲散霧消していた」

そして気分が爽快になるなり、道場のことを思い出したのだそうだ。

「わたしの悶々は、今朝の佐一郎さんの明るい挨拶を聞いたときに、跡形もなく消えましたよ。一瞬にして、です」

「今にして思えば、なぜあれほどまでにとふしぎでならないが、必要な過程だったんだろうな。考えてみると、おれは瀬釣りに救われたようなものだ。三太夫に感謝せんといかんな」

「勧めた甲斐《かい》がありました」

「それだけじゃない。瀬釣りは剣に通じると師匠はおっしゃったそうだが、まさに至言《しげん》だよ。まず無心になること。これこそ剣に、いやすべてに通じるのではないだろうか。おれはなにかを摑めそうな気がしている。いや摑むまで、摑めるまで瀬釣りを続けようと思っているのだ」

「摑めても続けることになると思います、釣りは奥が深いですから」

「かもしれん。おそらく、続けずにはいられぬだろうな」

「でしたら佐一郎さん、朝よりも夕刻のほうがいいですよ」

「なぜだ」

「暮靄時《ぼあいどき》のほうが、よく釣れるはずですから。流れて来る餌だけでなく、水面近くを羽虫が舞うからかもしれません。鮠はよく夕刻の早瀬で、空中に跳ねて羽虫を捕らえていますからね」

「そうか、憶えておこう」

いつもは道場を閉める六ツまで汗を流している佐一郎が、その日は七ツには姿を消していた。まちがいなく、夕刻の瀬釣りに出掛けたはずだ。

六

「三太夫、一丁いくか」

前回とおなじく佐一郎が声を掛けてきたのは、旬日《じゅんじつ》ほど過ぎてからであった。

常夜灯の辻で時の鐘が四ツを告げるのを待っていたように、勝負を挑んできたのも前回とおなじである。

　ちがっていたのは幸司でなく、三太夫と元服後の通称で呼んだことだ。

　三太夫は笑顔でうなずき、そして言った。

「幸司でいいですよ。わたしも佐吉さんと呼ばせてもらいます。ただし、二人切りのときにはですが。師匠が親しい人の名を呼ぶときは、なぜか道場時代の名になりましてね。まえまえからとてもいいと思っていましたが、その気持が少しですがわかるようになりました」

　そんな話ができたのは、師匠の源太夫が来客のため母屋にもどっていたからかもしれない。

　二人の遣り取りは声を落としたものではなかったので、全員の知るところとなった。

　道場は一瞬にして異様な空気に包まれた。十日ほどまえの、名札三枚目の佐一郎が五枚目の三太夫に負けるという番狂わせ、それも五戦全敗という大番狂わせを知らぬ者はいない。噂《うわさ》はあっと言う間に広まったので、当日の稽古に出ていなかった弟子たちも知っていた。

負けた佐一郎は、衝撃のあまりだろうが午後の稽古に出なかった。ところが翌日は半刻も遅刻しながら、別人のような陽気さで弟子たちを驚かせた。それまでからは考えられぬほど屈託なかったし、稽古を終えてから終始笑顔で三太夫と話していたのである。

わずか一日でなぜあれだけ変わったのか。いや変われたのか。一体なにがあったというのだと、だれもが興味津々《しんしん》とならざるを得なかったのだ。

そして満を持したかのように佐一郎は再度の挑戦をして、三太夫が受けたのである。

興奮のあまりだれもが、自分の思いを身近にいる者に語り掛けるだろうと思われた。ところが道場内は静まり返り、熱い視線が佐一郎と三太夫に注がれたのであった。

「おッ、どうした。常に熱気であふれておる岩倉道場にしちゃ、やけに静かではないか。通夜《つや》でもこれほど沈んではいないぞ」

声とともに姿を見せたのは、長身の東野《とうの》弥一兵衛《やいちべえ》であった。

源太夫が道場を開いたとき一番弟子となった男で、当時の名は才二郎《さいじろう》である。

柏崎《かしわざき》家から請《こ》われて婿《むこ》養子となった竹之内数馬《たけのうちかずま》、僧恵山となった大村圭二郎とともに、岩倉道場の三羽烏《さんばがらす》と称された男だ。

師範代を務めたほどの腕の持ち主だが、現在は中老芦原讃岐《あしはらさぬき》の右腕として多忙を極めている。でありながら月に何日かは、時間を捻出《ねんしゅつ》して道場に顔を出していた。屋敷で素振りや真剣での型を日々やっているそうだが、相手がいなくては本当の稽古にならないというのが弥一兵衛の持論であった。

胴、面、籠手の防具を佐一郎と三太夫が纏《まと》っているあいだに、古い弟子の一人が弥一兵衛に手短に事情を話した。話し終えたとき、二人の準備も整っていた。

「であれば、それがしが師匠の代理を務めさせてもらおう」

佐一郎と三太夫は素早く目顔で遣り取りし、うなずくと佐一郎が弥一兵衛に言った。

「東野さまにお願いがあるのですが、せっかくですからわたしどもに、稽古をつけていただけないでしょうか」

「しかし因縁《いんねん》試合らしいではないか。皆も期待しているようだ」

そう言って弟子たちを見廻すと、何人もがうなずいてみせた。

「ですが、東野さまはご多忙のところお時間を割《さ》いてお見えです。わたしどもの稽古試合は、いつでもできますので」

「ぜひ、お願いいたします」

三太夫も透《す》かさず頼んだので、弥一兵衛は少し迷ったようだ。

「遣りあうところを見たくはあるが、みなもかまわぬか」

一番弟子で師範代でもあった男に言われると、否《いな》とは言えない。

「では、掛かり稽古で願えますか」

「なにを言う、二人とならば地稽古でなくてはな。しばし待て」

弥一兵衛は防具を身に着け始めた。対等に打ちあおうと言うのである。

「お時間のほうは」

「八ツ（午後二時）から五ツ（八時）まで二の丸で用があるので、飯を喰う時間を考えると、一人当たり半刻ほどになるな。こういうことなら早く来ればよかったが、倅《せがれ》の相手をしておったのだ」

弥一兵衛には江戸から連れ帰った妻の園《その》とのあいだに、勝五《しょうご》という息子がいた。子煩悩《こぼんのう》な弥一兵衛は、勝五に付きあっていたのである。

「どちらが先だ」

「わたしが」

二人が同時に一歩を踏み出したので弥一兵衛は苦笑したが、年の功でということにして佐一郎を指名した。

三太夫は目を瞠《みは》ったが、なぜならこのまえの対戦とは比べ物にならないほど、佐一郎の動きが鋭かったからである。それだけでなく、むだな動きが見られなかった。

夕刻の釣りを勧めてからというもの、佐一郎は七ツには道場を出ていた。組屋敷にもどると、すぐに釣り道具一式を手にして、流れ橋の上流の早瀬に向かう日々だったのだろう。

そして鮠との駆け引きをしているうちに、なにかと感じるところがあったにちがいない。いや、あれだけ稽古熱心な男であれば、いくつもの閃きを得たとしてもふしぎはない。

一本目は弥一兵衛が取ったが、二本目は粘りに粘った末に際どいところで佐一郎が決めた。弟子たちがざわつく中で、三本目は弥一兵衛が取った。

続いて対した三太夫は、絶えず押され気味ながら懸命《けんめい》に堪《こら》えたものの、一本目を失った。二本目は終始攻勢のままに進めたが、一瞬の隙を衝《つ》かれて取られてしまった。それでもめげることなく果敢《かかん》に攻め続け、弥一兵衛の動きが鈍《にぶ》ったわずかな隙を逃さなかった。

結果は佐一郎も三太夫も、数馬を抜いて名札の筆頭になっている弥一兵衛に一勝二敗となった。

どよめきが起きたのは、三太夫が決めた鋭さに対してか、二人が弥一兵衛を相手に、ともに同成績になったからかはわからない。

防具の籠手を外し、面を頭から抜き、胴台の紐を解きながら弥一兵衛が言った。

「おれが衰《おとろ》えたとは思えぬが、ということは二人が力を付けたということになるな」

「でなければ、日々の稽古が報《むく》われません」

佐一郎の切実な口調に笑いが起きた。

「となると、因縁の対決はいつになるのだ」

「因縁などというものではありませんが、でしたら明日」

三太夫が言い掛けると佐一郎が首を振った。

「明日は当番で、番所に詰めねばならん」

「でしたら明後日《あさって》ですが、今日の午後でもかまいませんよ。佐一郎さんがお疲れでなければ」

「それは年寄りに対する労《いたわ》りか、でなければ皮肉だな」

「佐一郎が軽口を叩くようになったのだから、人はわからんものだ」と笑わせてから、弥一兵衛は言った。「午後は見物人も少ないので遣り甲斐がなかろうから、明後日にしたらどうだ。時刻は」

二人は顔を見あわせたが、答えたのは佐一郎である。

「四ツにしようと思いますが、東野さまがご覧に」

「予定が詰まっておるので、残念ながら見させてもらえんのだ」

でしたらなぜと訊くのは憚《はばか》られたが、その理由は二日後にわかった。

常夜灯の辻で時の鐘が四ツを告げる四半刻もまえに、道場に六、七歳と思える少年が駆けこんで来たのである。しかも息を切らし、頰《ほお》が真っ赤になっていた。

「ああ、よかった。間にあった」

弥一兵衛の息子の勝五で、そう言ってからあわてて付け足した。

「先生おはようございます。みなさんおはようございます」

「ああ、おはよう。だが、勝五」

「はい」

「わしはまだ、勝五の先生、つまり師匠ではないぞ」

「ですけど、もう少しの辛抱《しんぼう》です。八歳になれば弟子にしてもらえるから、それまで我慢しろと父に言われました。わたしは弟子にしてもらうのですから、先生、師匠のつもりでいます」

もう少しの辛抱は勝五にすればであろうが、源太夫に言っていると取れぬこともない。弟子たちが笑ったので、源太夫も笑うしかなかった。

勝五は母親の園が侍女《じじょ》を供にみつを訪れるときには、かならずいっしょに来る。そしてあわただしくみつと花に挨拶すると、道場に駆けこんで稽古を見るのであった。

「勝五は先ほど間にあったと言うたが、なにに間にあったのだ」

「父上に佐一郎と三太夫の勝負は、どんなことがあっても見ておくようにと言われました」

「馬鹿者《もん》」

源太夫の一喝《いっかつ》で、勝五はその場で五寸（約一五センチメートル）ほども飛びあがった。よほど驚いたらしく、目を真ん丸に見開き、口もおおきく開けたままだ。

「なんという口の利きようをするのだ。年上の者を呼び捨てにするなど以《もっ》ての外《ほか》である。父上は佐一郎と三太夫と言ったかもしれんが、勝五が人に話すときはそれじゃいかん。佐一郎さまと三太夫さまと言わなければ、勝五だけでなく父上や母上が人に笑われるのだぞ」

「忘れてました」

「忘れていた、だと。なにをだ」

「母上にもやはりそのことで叱られました」

弟子たちは笑ったが、おなじ年頃だった自分を思い出してか、その笑いには温《ぬく》もりが感じられた。源太夫は苦虫を嚙み潰したような顔を続けることに、苦労しなければならなかった。

「次もまちがえるような愚か者は、とてもではないが弟子には採れんからな」

「まちがえませんから、きっと弟子にしてください」

源太夫はそれには答えず、尺扇《しゃくおうぎ》を手に立ちあがった。佐一郎と三太夫の支度《したく》が整ったからだ。

「まちがえませんから弟子にしてください」

見れば勝五は、今にも泣き出しそうな顔をしている。

「よし、では」

源太夫は自分の正面、武者窓の下の弟子たちに言った。

「正面の席を、勝五のために開けてやってくれんか」

言われた弟子たちは右に左に少しずつ体をずらせて、源太夫の正面に一人分の席をこしらえた。

「先生、ありがとうございます。みなさん、ありがとうございます」

勝五はそう言うと小走りで武者窓の下に駆け寄って、ちょこんと坐った。弟子たちから笑いが漏れた。源太夫も今度は、「まだ弟子でないので先生と呼ぶな」とは言わなかった。

構えを見ただけで三太夫には、本来の佐一郎がもどって来たことがわかった。つまり、常に壁であり続けた佐一郎がいたのだ。

こうでなくてはと思うと同時に、それを打ち砕くことがいかに困難なことかも感じていた。二日まえに弥一兵衛に対する佐一郎を見て感じたことを、改めて実感せずにはいられなかったのだ。

それだけに、自分に五連敗した佐一郎はなんだったのだろうと思わずにいられない。あれは佐一郎なんぞではなかったから、自分は破ることができたのである。

ふたたび壁が現れた。しかも堅牢《けんろう》極まりない壁が。だが堅固《けんご》なだけに、打破したときに得るものは多いはずだ。

得られるだろうか、ではない。得るしかないのである。

だれもが待ち望んでいたが、勝五が正面の向かいに座を占めたことで、予定の四ツより早く勝負が開始されることになった。

源太夫が尺扇を静かにあげた。

これまでかぎりなく対戦し、互いに相手の手の内を知り尽くしている仲なので、勝負は簡単には着かなかった。

打ちこむと払いのけ、それは予測しているので鋭く廻して逆を衝く。大上段から打ちこみ、相手が受ける瞬間に竹刀を絡《から》め、押し付けたまま力尽《ちからず》くで圧倒しようとする。佐一郎と三太夫は、持てるかぎりの技や小技を出し尽くして死闘を繰り拡げた。

突いても打っても払っても、際どい躱しで決まらずという状態が続いた。

佐一郎が胴を決めたのは、勝負が始まって半刻も経《た》ってからであった。

その後は三太夫、佐一郎と交互に取り、「それまで」の声とともに源太夫が尺扇を突き出したとき、常夜灯の辻で時の鐘が九ツを告げた。一刻を超えた勝負は、佐一郎の三勝二敗で決着したのである。

一礼し、防具を外して控室に置くと、二人は着替えと手拭を手に井戸端に向かう。

姿が消えるなり、にわかに道場は騒がしくなった。思い思いの輪ができて、だれもが声高《こわだか》に勝負のことを喋り始めたからだ。

興奮した弟子たちはだれも気付かなかったが、勝五は人のあいだを縫うようにして外に出ていた。

佐一郎と三太夫は汗にまみれた稽古着を脱ぎ、手拭で汗を拭い、小盥で濯いでは体を拭うことを繰り返した。二人とも無言のまま、黙々とそれを繰り返す。

「なんだか、変だな」

声に気付いてそちらを見ると、少し離れたところで、首を傾げた勝五が二人を見あげていた。

「どうした、勝五」

「なにが変なんだ」

二人が同時に声を掛けた。

「佐一郎さんが三本取り、三太夫さんが二本取りましたね」

まだ幸司だったころに何度か東野家を訪れて話したことがあるからだろう、勝五は三太夫に話し掛けた。

「ああ」

事実なのでうなずくと勝五は首を傾げた。

「だったら、佐一郎さんの勝ちではないですか」

「そうだ。佐一郎さんの三勝二敗だからな」

「やっぱり、おかしい」と、勝五は二人を交互に見た。「だって、勝った佐一郎さんが怒ったような顔をして、負けた三太夫さんがうれしそうにしてる」

言われて初めて、佐一郎と三太夫は顔を見あわせた。勝負が終わって礼をしてからというもの、一度も相手を見ていなかったことに気付いたからだ。見ていなければ、相手がどんな顔をしていたかわかるはずがない。

目顔で遣り取りをしたが、佐一郎は子供は苦手だという顔を隠そうともしなかった。道場でも年少組に稽古を付けることはほとんどなかったが、勝五は年少組よりさらに幼いのである。苦手なのは当然かもしれない。

「わからないか」と、三太夫は言った。「わからないだろうな。わからなくて当たりまえだ」

わからないを並べたので、勝五はますますわからないという顔になって、さらに強く首を傾げた。

「なぜですか」

「今の勝五にわかる訳がない」

「だから、なぜですか」

「勝五は素振りを始めたばかりだろう」

「毎朝、やってます」

「それは感心だ。だったら余計、知りたいだろうな」

「知りたい」

「八歳になったら岩倉道場に入門を許される。そしたら懸命に稽古に励むのだぞ。佐一郎さんもわたしも、人一倍の稽古をした。脇目も振らずに稽古に励んでひたすら汗を流したんだ。そうすると次第にわかるようになる。まだ弟子にもなっていない勝五に、話したってわかる訳がないし、こんがらかってしまうだけだ。だから話したくはあるが、勝五のためを思って今は話さない。勝五がだれよりも稽古に励んで、十五歳くらいになったらな、ある日、突然、それがわかるはずだ。勝った佐一郎さんが怒ったような顔をして、負けた三太夫がうれしそうにしていたことがな。そのかわり稽古に励まなければ、わからない」

そう言って三太夫は背中を丸め、杖を突いて歩く真似をして見せた。

「よぼよぼの爺《じい》さんになったって、わからないままで終わる者もいる。だから、勝五」

「はい」

「それを楽しみに稽古に励め」

「はい」

「よろしい。素直な子は伸びるから、勝五はかならず伸びる。では行きなさい。母屋で母上がお待ちだろうからな」

「わかりました」

勝五は駆け出したが、向かったのは母屋ではなく道場であった。そして出入口で、「ありがとうございました」と叫んだのである。笑い声や「頑張《がんば》るんだぞ」などの声が掛かった。

道場を飛び出した勝五は母屋に向かって走り出したが、途中でつんのめるように足を踏ん張って停止した。そして佐一郎と三太夫に向かい、「ありがとうございました」と頭をさげた。

柴折戸を押して母屋の庭に駆けこむ勝五を見ながら、佐一郎がしみじみと言った。

「幸司は道場主になる器なんだなあ。おれには子供を相手に、とてもあんなふうにはあしらえない」

「あしらうなんてできません。おそらく、わたしが子供っぽいからだと思います。それにしても子供は怖いですね」

「怖い、だと」

「平然としていたつもりですが、勝五には見抜かれました」

「そういえば、うれしそうな顔をしてたと言っていたな。なんでうれしそうな顔をしてたんだ。このまえ、おれは全敗したのに、今日は三勝二敗だったんだぞ」

「本来の佐一郎さんが、もどって来られたからですよ。わたしなんかに全敗するなんて、佐一郎さんじゃありませんもの。それより、怒ったような顔をしていたそうですが」

「全勝するつもりだったからな、三勝二敗じゃ辛勝《しんしょう》でないか。瀬釣りをして、そうだこれだと閃いたんだが、思うように活かせなんだのが腹立たしい。課題ができたわい」

「だったら簡単にいく訳がありませんよ。わたしだって瀬釣りをしていますから」

「それも道理だ。奥が深いな、釣りも剣も」

「だから遣り甲斐があるのではないですか」

七

その夜、源太夫は寺町のさらに北に位置する正願寺に、恵海和尚を訪れた。

「あのときも申したはずだが、体一つで来てもらえばよろしいのですよ」

ちらりと見てそう言った恵海に、源太夫はおなじような言葉を返した。

「あのとき言ったことを、わたしも繰り返したほうがよさそうですな」

「そう来ましたか。となれば、むだなことをするまでもありますまい」

そう言って恵海は坐るようにうながした。

源太夫と恵海の言う「あのとき」とは、三太夫が佐一郎に五戦全勝した日のことである。昼食時に三太夫が正願寺に恵山を訪れると言ったので、久し振りに碁を打ちたくなった源太夫は、恵海の都合を訊いておくように頼んだ。

寺からもどった三太夫から恵海の返辞《へんじ》を聞いた源太夫は、その夜、食事をすませると正願寺に出向いた。すると源太夫の顔を見るなり、恵海が言ったのである。

「体一つで来てもらえばよかったのですよ。なにもそんな」

そんなとは、源太夫が提《さ》げた一升徳利《いつしようどつくり》のことである。

「やはり思ったとおりでしたな」

「はて、どういうことであろう」

源太夫が座を占めると、恵海は背後の戸棚から湯呑茶碗を取り出した。

「倅が恵山和尚を訪ねるとのことだったので、ご住持のご都合を伺うようにと言っておいたのだが」

「夜なら当分空いておるが、今夜ならまちがいないと答えたはずですがな」

恵海は源太夫が据《す》えた徳利の詰栓《つめせん》を抜いて、茶碗になみなみと酒を注《つ》いだ。

「そして、徳利の持参は無用だぞと、わざわざ付け加えられた」

「葷酒《くんしゆ》山門に入るを許さず。ただし般若湯《はんにやとう》はこのかぎりにあらず。心苦しいと思うておる。檀家《だんか》からの届け物があるでな。源太夫どのがいつも持参されるゆえ、わざわざ付け加えたとは、穿《うが》ちがすぎませその気持が自然と出たのであろうよ。

んかな」

「倅との短い遣り取りだけで、多くのことがわかり申した」

「はて、なんであろう。伺いたいな」

「夜は当分空いていると言いながら、今夜ならまちがいないと念を押された。となると、今夜来るようにとの命令とみてまちがいない」

「命令とはおだやかでありませんな。暇な坊主と雖《いえど》も、急な用があることもなきにしもあらずということです。源太夫どのに無駄足を踏ませることになっては、申し訳ないですから」

「そろそろ声が掛かるであろうと期待し、腕を撫《ぶ》しておったと考えざるを得ない」

「それは愚僧より、源太夫どのではないですかな」

「徳利持参は無用と、わざわざ断ることもないのに付け足したは、来る以上は徳利を提げてまいられよ、とこれは明らかな催促《さいそく》に外ならない」

「碁とおなじですな。深読みをされること自体は悪くないのだが、悲しいかな源太夫どのは常に読みまちがえておられる」

「それは心外だ。真《まこと》かどうか試さぬ訳にはまいりますまい」

「それが手っ取り早い解決法、ということになりますな」

そんな遣り取りがあって先手後手を決め、黒い石と白い石を並べ始めたのである。なに、相も変わらぬ他愛《たわい》ない牽制《けんせい》の遣りあいである。

碁敵は憎さも憎しなつかしさ

と『柳多留《やなぎだる》』にあるが、囲碁好きの微妙な心理を実にうまく捉《とら》えている。久し振りに碁盤を囲むと勝っても負けても後を引き、碁敵のもとに足を運びたくなるからふしぎだ。

佐一郎の三勝二敗となった今日も、なぜか足が正願寺に向いたのである。

源太夫が一升徳利を提げて出向くと、それに対する相手の言葉が、「体一つで来てもらえばよろしい」との決まり文句だった。

「このまえは不機嫌《ふきげん》な顔であったが、今日は別人のようにうれしそうな顔をなさっておる。十日ほどのあいだに、一体なにがありましたかな」

「孫と子が勝負したのだが」

その関係がいささかややこしいが、もちろん恵海は知っている。

源太夫の弟子である佐一郎と三太夫は、十七歳と十四歳なので年齢に三つの開きがある。ところが年上の佐一郎が源太夫にとっては孫、三歳下の三太夫が子なのである。

なぜこういうややこしいことになったかというと、佐一郎は先妻ともよとの長男修一郎《しゅういちろう》の長子であり、三太夫は後妻みつとの息子だからだ。そのため十四歳の三太夫が、十七歳の佐一郎の叔父《おじ》になるという逆転が起きてしまった。

「このまえみどもが来た日に、三太夫が佐一郎に五戦して全勝しましてな」

「黙っておられたので知りませんでしたが、五戦五勝とは大したものだ」

「そのため気を害し、和尚の顔を見たくなったということでしてな、今日は気分を良くすることがあり、するとまたしてもご尊顔を拝したくなりまして」

「妙ですな」

「はてなにが」

「佐一郎どのは御蔵番である岩倉家を継ぎ、三太夫どのが道場を継がれるのであろう。とすれば三太夫どのの全勝は喜ばしきことのはず。でありながら不機嫌だったのは、どうにも解《げ》せませんな。子と孫ゆえにか」

道場は藩士の子弟を教導するようにと藩主家に託され、源太夫の苗字《みょうじ》から岩倉道場と称しているが世襲ではなかった。がそれは、現時点で話題にすることでもない。

「それがしにとっては子であり孫であるが、道場にては師匠と弟子の関係ゆえ、子も孫もない」

「であればますます奇妙」

「それだけの力が備わっておらんのに、三太夫が年上の佐一郎に全勝しましたからな」

「力が備わらずに、まぐれで全勝はできますまい」

「徐々に差は詰めておりましたが、ここに来て苦手な相手を一気に抜いたことになる」

「若い者は、なにかを契機に急激に力を付けることがあります。坂道を一歩一歩と上るように、着実に強くなるとはかぎらない。逆戻りしたり、脇道に迷いこんだりしながら、ほんのわずかなきっかけを得て段差を、それも何段も越えてしまうこともありますぞ」

「たしかにそういうこともないとはいえない。しかし、たまたま勝てたことで天狗になっては、歪《ひず》むのではないかと危惧《きぐ》せずにおれぬでしょう」

「で、歪みましたか」

「かろうじて歪まずに」

「それがわかったので、今日は上機嫌な顔をなさってるということですな。ということはふたたび全勝、あるいはそれに近い勝ち方をされたゆえ、たしかな力が備わったと確信できたということですか」

「佐一郎が三勝二敗で、辛《かろ》うじてではあるが三太夫を負かしました」

「ゆえに上機嫌となると、愚僧には理解しかねる。武芸者の心は世俗とはべつのところにある、としか言いようがありませんな」

「三太夫が一気に抜き去ったのではない。佐一郎に迷いなり不調和な部分があったために、たまたま全勝できたのだと三太夫はわかったのではないかと」

「源太夫どのは短いあいだの勝敗に一喜一憂せず、もっと長い目で、のんびりと見ておればよろしいのではないですか。いささか性急すぎてやしませんかな」

「むッ」と呻《うめ》いてから、源太夫は言った。「話がぎこちないと思うたら、潤滑《じゅんかつ》してくれるもののことを忘れていたようだ」

　源太夫は苦笑し、一升徳利の酒を二人の湯呑に注いだ。

　酒を口に含んで、ゆっくりと味わってから恵海が言った。

「いずれにせよ、源太夫どのも数年の我慢ですな」

　言われた意味がわからず、源太夫は恵海を見た。

「恵山が三太夫どのとなにかと喋ったらしいのだが、わずかなあいだで考えがおおきくなり、しっかりしてきたと驚きましたよ」

「それがしには、とてもそうは思えぬが」

「道場のあるじとしてであろうか、それとも父親としてであろうかな」

「ともに、と言うしかないでしょう」

「三太夫どのはたしか十四のはずだが」

「さよう」

「未熟だとお思いでしょうな。父親にとっての息子や師匠から見た弟子というものは、至らぬところばかりが目に付くものゆえ。それに良きところは見えぬ、いや見ようとせぬものだで」

「たしかにそういう面がなきにしもあらずではあるが」

「と申されるところをみると十四、五歳のころの源太夫どのは、三太夫どのより遥かに大人であられたのであろうな」

　言葉に詰まってしまった。

思えば当時のおのれは、三太夫とは比較にならぬほど幼かったのである。道場主の日向主水《ひゅうがもんど》にさんざん指摘され、ときには励まされ、またおだてられ、訳のわからぬままにがむしゃらに励んでいたのだ。

恵海は湯呑茶碗を手に、ゆっくりと酒を含むと、長い時間かけて味わってから飲み干した。茶碗を下に置くと源太夫に笑いかけた。

「恵山が三太夫どののことを話すのを聞いて、人は伸びるときには伸びるものだなと、しみじみと思いましてな」

「となりますと、他山《たざん》の石とか、人の振り見て我が振り直せということであろうな。わしを見ておって、ああしてはならん、人はこうすべき、こうあるべきと、自分の生き方や考え方を正し、たしかなものとしていったということであろう」

「そう遜《へりくだ》るものではない。子は親の、弟子は師匠の背を見て育つものだ。三太夫どのが立派な若者に育ったということは、模範となる背中を見せ続けた、ということにほかなりませんからな。それに源太夫どのは勘ちがいしておられる」

「勘ちがい、ですと」

「恵山が三太夫どのについて話すのを聞いて、三太夫どのはひと廻りもふた廻りもおおきくなられたと思いましたが、わしが感心したのは恵山の成長ですよ」

そう言われると決まり悪く、源太夫は赤面せざるを得ない。恵海が二人について言及しているのに、自分は三太夫のことしか考えていなかったからだ。

となると「源太夫どのも数年の我慢ですな」と言った恵海の言葉は、当然だが
ちがった意味を持つ。自分もまた数年すれば恵山に跡を任せられる、との心境を
洩《も》らしたということなのだ。

「みどもは和尚が羨《うらや》ましい。弟子になにもかも、任せられるのですからな」

「それを申すなら源太夫どのであろう。三太夫どのは一気に花開くであろうか
ら」

「それは恵海どのの過大な評価というもの。いくらなんでも十年は早い」

「ま、そう思わずにはいられぬであろうが」

「武術の腕で他を圧せねばならんが、まだ上に何人もおる」

「現時点ではな」

「それが現実であって、短期で変わる、変えられるものではない」

「だから十四、五歳の源太夫どのは、と申したのだが」

　師匠の日向主水に諭《さと》され、剣技に身を入れて励み、道場一の折紙を付けられる
までになったのは十八歳であった。翌年、主水の推薦があってだろうが江戸詰め

を命じられ、源太夫はあわただしく、ともよを妻としたのである。

主水の紹介状を懐《ふところ》に一刀流の椿《つばき》道場を訪れて入門したが、まもなく新妻のともよから懐妊《かいにん》の便りが届き、翌年一月には長男が誕生している。その後、源太夫は居合の田宮《たみや》道場にも通った。

二十二歳で江戸詰めが解かれたが、免許皆伝《かいでん》が得られなかったので、願い出て江戸に留まることにした。ほどなく椿道場で、免許だけでなく奥許しも得たのである。

自分の来《こ》し方《かた》を見ると、三太夫は遜色《そんしょく》ないというより、かなり上を行くのではないだろうか。自惚《うぬぼ》れる訳ではないが、岩倉道場の弟子たちの力量は、日向道場の比ではない、と自信を持って言える。源太夫は十八歳で道場一の折紙を付けられたが、今の岩倉道場では上の下かせいぜい上の中であろう。

とすれば現在五位、実質三、四位と見てよい三太夫は、当時の源太夫よりも一段も二段も上ということになる。

では人としてはどうだろう。これについては考えるまでもなかった。ただ強くなりたいというだけで、がむしゃらに稽古に没頭していた自分より、遥かに幅もあるし奥も深い。

どんな相手に対しても等しい接し方をしているし、年少組の指導においても的確で、それぞれの持ち味を伸ばそうとしているのがわかる。常に冷静で、多少のことで自分を失ったり、興奮したりすることもない。

次席家老九頭目一亀の息子鶴松の剣術相手となってからは、一亀が驚くほどの早さで鶴松とその学友たちを立ち直らせたのである。

「拙僧《せっそう》の見たところ四、五年で、早ければ三年もすると、道場を任せられるのではないですかな」

「いくらなんでも」

そう言いながらも、源太夫は気持がおおきく傾くのを感じていた。

「今の三太夫どのからすれば、十分に可能だと思いますがな。なんなら当分は、後見人という方法もある」

「後見人、であるか」

「やらせてみなされ。源太夫どのはまさに後見人、うしろに坐って見ているだけでよいのだ。なにも言わずとも、本人は常にその目を感じずにはいられない。つまり自分の為《な》すこと、人に対する接し方、などを常にもう一人の自分の目で見ることになる。それが人を成長させる、ゆえに後見人の意味があるのだ」

「うーむ」と源太夫が思わず唸ったのは、なにからなにまで腑《ふ》に落ちたからである。

「となると早い方がいいのだが、拙僧を信じて、いや騙されたと思ってやってはいかがかな」

「うーむ」

　またもや源太夫は唸ってしまった。

「実は拙僧はすでにやっておりましてな。おまえに任せたと言明した訳ではないが、恵山にすべてをやらせておる。うしろで黙って見ているだけだが、すると本人はわしを頼らず懸命に考えるのだ。多少のことがあっても口は挟まぬ。しくじった場合も、なにも言わずにおけば自然と気が付くものなのだよ」

「いつまでも子供だと思うておったが」

「毎日見ておるから気付かぬが、日々成長しておるからな」

「たしかに変わってはおるが、とくに元服してからは」

「そういうものだ。すぐに嫁取りの話となるぞ」

「まさか」

「そういうことは、人の考えどおりにはゆかぬものよ。式は先であっても、口約束だけはということもある」

三太夫の元服は、源太夫もみつも十五歳の秋くらいに考えていた。ところが中老芦原讃岐と飲んでいてトントン拍子に話が進み、一年も早まってしまったとの経緯《けいい》があった。

だからと言って嫁取りとなると、と源太夫は思わず苦笑した。だが自身は、十九歳で江戸詰めを命じられて、急遽《きゅうきょ》ともよを娶《めと》ったのである。

しかしあのときとは事情がちがう。三太夫は道場で励み、年少組を指導し、五日に一度の割合で九頭目家に出稽古に通うだけの、単調な日々を送っているのである。早くとも三、四年は先だろう。

結局、源太夫は持参した一升徳利を恵海と空けてしまった。囲碁の勝負に僅差《きんさ》で勝ったことよりも、三太夫に道場を任せるべきだとの思いに、気持が次第に昂《たかぶ》るのがわかった。

正願寺を出た源太夫は、寺町の石畳をゆっくりと歩いた。

「才二郎を圧倒とまではゆかずとも、常に勝てるようになれば、だれもが認めるだろう」

東野弥一兵衛の道場時代の名をつぶやき、源太夫は頬に微かな笑みを浮かべた。ここにきての充実ぶりを見れば、十八歳で道場一となった自分より早く、三太夫はそうなれる可能性が高い。

恵海和尚は恵山に承継させることにしたとのことだが、自分にもそのときが来たということではないだろうか。うしろで黙って見ているだけでも弟子は変わると言った恵海の言葉が、胸の裡で響きをおおきくしてゆく。源太夫はたしかな手応《ごた》えとして感じることができた。

城山の背後の森で狼《おおかみ》が遠吠えをしたのは、源太夫の考えを認めたように思えてならなかった。

春を待つ

一

源太夫《げんだゆう》が富田町《とみたまち》の小料理屋「たちばな」に出向くと、新蔵《しんくら》奉行配下の手代《てがわり》佐倉次郎左《さくらじろうざ》が待ち受けていた。「たちばな」は小禄《しょうろく》の藩士やお店者《たなもの》が利用する見世《みせ》で、鰻《うなぎ》の寝床《ねどこ》のように細長く、土間と小座敷に分かれている。

「ご足労いただきかたじけない」

「ご子息の入門以来となりますな」

「世話を掛ける。まじめにやっておるであろうか」

「まじめに励んでおられる」

もっともまじめではあるが心が入っていないので、名札は三段目の後半からほとんど動いていなかった。

新蔵奉行は家老補佐である本締役《もとじめやく》の支配下にあるが、佐倉は手代なので奉行の代理、補佐という立場だ。佐倉は役方（文官）で源太夫は番方（武官）との関係で、ほとんど縁がない。

息子の五郎左《ごろうざ》が岩倉道場に入門した折、挨拶《あいさつ》に来た佐倉から源太夫は束脩《そくしゅう》を受け取っている。藩士とその子弟を指導するために藩主家から源太夫に任された道場なので、入門時の謝礼である束脩や月々の謝儀は不要であった。だが入門時には束脩を持参する者がけっこういた。

その日の朝、道場に佐倉家の家士《かし》が源太夫の都合を訊《き》きに来た。源太夫が不自然な思いを抱いたのは、五郎左が取り次げばよく、わざわざ家士を寄越《よこ》す意味がないからである。

佐倉がなぜ呼んだのかまるで見当もつかないが、あれこれ思い惑《まど》うより会えばわかるだろうと、その夜の六ツ半（七時）に伺《うかが》うと返辞《へんじ》したのであった。

源太夫にはなぜ呼ばれたか見当も付かない。役方と番方という立場からしても、五郎左を弟子にした以外には縁がないだろうと思っていたのである。

「わが家に来てもらうにも、貴殿の屋敷に邪魔するにしても、とかく都合が悪いでな。わが家にはわが家族がいて、そちらにはそちらの家族がおられる」

当たりまえではないか。つまり家族に聞かれては都合が悪い話、ということである。となれば碌《ろく》な話ではあるまい。

「それにしても羨《うらや》ましいかぎりである」

器を取るようにうながして、酒を注《つ》ぎながら佐倉はそう言った。なにを言いたいのかわからないので、源太夫は黙ったまま酒を口に含む。

「剣には若き日より励んでおられたが、軍鶏《しやも》は江戸勤番を終えて園瀬にもどってからとのことゆえ、三十年あまりということになりますな。今では剣も軍鶏も、園瀬では知らぬ者なき第一人者だ」

「軍鶏侍《しやもざむらい》と蔭《かげ》ではからかわれておる」

「揶揄《やゆ》する者など居やせん。名誉の称号であろう。剣では御前さまより道場を任され、月に何度か屋敷の庭で軍鶏の喧嘩《けんか》を」

「鶏合わせだ。闘鶏のことであるな」

「つまりはなにごとも、若きころより励まねばならぬということだ。わしは十四、五歳より父に従《したご》うて見習いとなり、ひたすら仕事に励んでまいった。この齢《とし》になっていくらか余裕ができたゆえ、若きころやりたかったことを始めたのだが、一向に思うようにはならぬ。やりたいと思うた若き日にむりをしてでもやらねば、身に付かんのであろうな」

あるいは佐倉は、なにをやりたかったかを聞いてもらいたいのかもしれない。だが源太夫は興味が持てなかったし、それにまつわるあれこれ、ほとんどは愚痴《ぐち》だろうが、それを聞く気にはなれなかった。

新蔵奉行は士卒《しそつ》の扶持米《ふちまい》支給と、参勤交代の行列の路銀支出や宿所の手配が主な役目である。

佐倉は手代として実務を執《と》り行うのだろうが、いかに繁多《はんた》であろうと、本当にやりたければ眠りを削ってでもやったはずだ。つまりそこまで切実にやりたいと思った訳ではないということで、なにもやらなかった自分に対する言い訳なのだろう。

源太夫は相鎚《あいづち》を打たぬどころか退屈し始めていた。それに気付かぬのか、あるいは気付きながらそれでも語らずにいられないのか、佐倉は繰り返した。

やりたいことは、やりたいと思ったときにやらねばだめである。自分は仕事の多忙を理由に結局やらなんだのだが、いささかの余裕ができたのでやろうとしても、どうにもなるものではない。若く多忙な折に時間を絞り出して励んでこそ、身に付くものなのだ。

小料理屋に呼んだからには、佐倉が本当に話したいことはほかにあるはずであった。源太夫がイラつき始めると、さすがに察知したらしく、口調を改めて切り出した。

「実は息子に嫁を取ることになり申してな」

とすると五郎左であろうか。しかし嫁取りとなれば、若い連中の多い道場で話題にならぬはずがない。

佐倉の家族のことはよく知らないが、おそらく五郎左には兄がいるのだろう。本人が次郎左なら、長男には五郎左より三郎左《さぶろうざ》と名付けるのが普通だという気もする。

「さようか。それは祝着《しゅうちゃく》至極《しごく》に存ずる」

「で、それを機に倅に跡を任せ、隠居しようと思うのだが」

「若き日にやりたかったことに、本腰を入れようという訳でござるか」

「それで大抵《たいてい》のことは収まり、楽隠居ということなのだがな」

「不満、あるいは不都合、それとも気懸《きが》かりなことがおありか」

「さすが、多くの藩士およびその子弟を教導してきた道場主だけのことはある」

「なに、弟子は多いからな。道場主と申しても表面だけ、ほんの一部しか見てはおらぬであろう。買い被《かぶ》りではないだろうか」

「上の娘は嫁いで子も生まれ、倅も嫁を取ることになったのだが、となると下の娘が気懸かりでな」

「下に娘御《むすめご》がおられたか」

「岩倉うじも、後添《のちぞ》えに娘御を儲けられたと仄聞《そくぶん》しておるが」

だからどうなのだと言いたいところを、源太夫はなんとか呑《の》みこんだ。そして話の接《つ》ぎ穂《ほ》を求めるように言ったのである。

「まあ、娘は父親にとっては泣きどころであるがな」

「そこだ。やはり幸せにしてやりたい。となればなんとしても、よき伴侶《はんりょ》に添わせたいではないか」

花《はな》の顔が頭を掠《かす》めたが、となると相手の言うことを否定することもできない。

「目を皿にして探したのだが」

と言うことは、眼鏡《めがね》に適《かな》った相手がいなかったということである。

「わしは、近ごろの若い男はどうにも気に喰わん」

為《な》すことを為さずに、やたらと主張ばかりして、おのが考えを押し付ける。そのくせ都合が悪いことを言われようものなら、耳を塞《ふさ》いで聞こうともしない。年配者を敬《うやま》わず、年少者、自分よりわずかでも若い者の未熟を嗤《わら》う。

くどくどと佐倉は不満を並べたが、途中から言葉は源太夫の耳を素通りした。

そういう男にかぎって、若い時分は今自分が貶《けな》している若者そのものであったことが多い。

「その点、貴殿のご子息三太夫《さんだゆう》どのは、近ごろ稀《まれ》な武士《もののふ》でござる。品行方正、志《し》操堅固《そうけんご》、謹厳実直《きんげんじつちょく》、温厚篤実《おんこうとくじつ》」

いくらでも言葉を並べそうなので、源太夫は両手の掌《てのひら》を、ヤツデの葉のように拡《ひろ》げて突き出した。となると続く言葉の予測は容易《ようい》に付いたので、透《す》かさず言う。

「なにが武士なんぞであるものか。それこそ貴殿の申された、近ごろの若い者の典型でござるよ」

源太夫の言ったことなど聞こえぬように、佐倉は笑いながらおおきく首を振った。

「いかがであろうか、岩倉どの。貴息の三太夫どのに、下の娘をもらってはいただけぬであろうか。いや、親の口から申すのもなんだが、娘は」

「待たれよ。そのことに関しては」

まるで予測してでもいたように、源太夫が喋り終えぬうちに佐倉は話し始めた。

「すでに話があろうな。貴殿は藩政改革の折の、第一の功労者であられる。しかもご長男は第一回の長崎遊学の一人に、それも最年少で選ばれた。またご次男は次席御家老の嫡男《ちゃくなん》のご学友となられた。岩倉どのは藩校千秋館《せんしゅうかん》の教授方池田《いけだ》さまや、御中老の芦原《あしはら》さまともご昵懇《じっこん》だ。そういう方々を通じ、なにかと話があってもふしぎはない。だが三太夫どのは十四歳だと伺った。であれば、まだ決まっておる訳ではありますまい」

用意して待っていたように佐倉は言葉を並べたが、言い方や程度の差はあるにしても、おなじような言辞《げんじ》はこれまでに何度か聞いている。要するに藩中の者の大方が源太夫を、そして龍彦《たつひこ》と三太夫をそのように見ているのだろう。

「元服《げんぷく》を致しましたのでな」

相手が決まっていない訳ではないと匂わせたのだが、佐倉には通じなかった。いや都合の悪いことに関しては、聞く耳を持たぬのだろう。

「体格は貴殿に似て立派で、なにより堂々として、考えがしっかりしておられる」

体は目にしたとしても、三太夫と話したことはあるまいに、考えがしっかりしていると断定できる訳がないではないか。つまり心からそう思っているからではなく、口先だけにすぎぬということである。

佐倉がさらになにか言いそうになったので、話を打ち切るために源太夫は言った。いや、言ってしまったというべきだろう。

「ありがたい話ではあるが、倅には言い交わした相手がおるゆえ」

源太夫があれこれと理由を付けて曖昧《あいまい》にし、はっきりしたことを言わないことはあらかじめ予測していたのだろう。であってもなんとか説得できると考え、その自信もあったにちがいない。しかしすでに言い交わした相手がいるとは、考えていなかったようである。

もちろん苦し紛《まぎ》れに出た咄嗟《とっさ》の嘘《うそ》であった。

佐倉は用件も伝えずに呼び出したばかりか、こちらの都合を考慮することなく、自分の都合のいいように運ぼうとしたのである。なんとも無礼であった。なるほどこういう事情であれば、源太夫を家に招いて話す訳にはいかないだろう。だから五郎左でなく家士に伝えさせたのだ。

いくらかは懲《こ》らしめたい意味もあり、止《とど》めを刺すように源太夫は言った。

「本人同士が言い交わし、両家の親も気に入っておるのだ。まことに気の毒ではあるが」

「そうでござったか」

落胆の激しさは思っていた以上であったが、気の毒だとは微塵《みじん》も思わない。

こういう男ゆえ、岩倉家がだめな場合には別口を考えておることだろう。もしかすると三太夫は、二番手か三番手ということもあり得るのである。

「して、どなたのご息女であられるかな」

「約束はしたと言うても、式は四、五年、いや、もっと先になるやもしれん。明らかにすれば、相手に迷惑が掛かることが生じぬとは断言できんのでな。失礼の段は、なにとぞご寛恕《かんじょ》いただきたい」

酒肴《しゅこう》ともに残ってはいたが、それ以上は飲み喰いする気になれなかった。源太夫は頭をさげると右横に置いてあった大刀を摑《つか》んで席を立ったが、佐倉は止めようとはしない。

二

二人分の支払いをすませ、源太夫は「たちばな」を出てゆっくりと歩き始めた。

あの場合はああするしかなかったのだが、源太夫は三太夫に許嫁《いいなずけ》がいると言ってしまったのである。相手はよもや調べることはあるまいが、なにかの事情で、あるいはのちになって、それが虚偽《きょぎ》であったとわかることがあるかもしれない。

そうなれば佐倉は源太夫に対し、さらには三太夫や岩倉家そのものに、深い恨《うら》みを抱きかねなかった。

今日はひとまず誤魔化《ごまか》したが、当座は通せても、それらしき兆候《ちょうこう》が見られなければ捩《ね》じこまれかねない。

はて、どうしたものだろうと、そこで源太夫は不意に立ち止まった。

のんびりしていられないのではないのか。

そのとき、唐突《とうとつ》に思い出したのである。何ヶ月かまえの夏の夕刻、久し振りに瀬釣りを楽しんだ源太夫は、やはり釣りをしていた藩士に声を掛けられたのであった。

男は普請奉行の下役《げやく》の庭方新庄勇《にわかたしんじょうゆう》である。普請《ふしん》奉行の下にはいくつもの役があるが、その最下位が庭方で、藩主御殿の庭の管理が主な役目であった。新庄は源太夫が瀬釣りをしているのに気付くと、好機到来とばかり話を持ち掛けたのだろう。

なぜなら、さらに何ヶ月かまえの如月《きさらぎ》十八日の「遊山《ゆさん》の日」、源太夫は長崎遊学直前の龍彦を連れて挨拶廻《あいさつまわ》りをした。その日は当番の藩士は家族だけだが、非番の藩士は家族連れで遊山する。そのため、一度に多くの藩士に挨拶できるので好都合であった。

そのとき新庄家の席にも寄ったが、すでに顔を赤くした当主の勇に、龍彦の遊学をくどくどと羨ましがられたのである。新庄は四人の子供を得ていたが、すべて女であった。

新庄は龍彦とそのころは幸司《こうじ》だった三太夫を褒《ほ》めそやし、挙句《あげく》の果てに、娘との縁組を真剣に考えてもらいたいと露骨な申し出をした。長女の婿《むこ》に龍彦を、幸司の嫁に下の娘をと言ったのである。

そのときは、龍彦の遊学は二年になるか三年に及ぶかはっきりしないし、ぶじに終えられるかどうかさえわからない。幸司はまだ十四歳なので、とてもそのようなことを考える余裕はないと逃げておいた。

ところが季節が夏に移り、独りで釣りに興じている源太夫を見掛けたので、再度の試みをと思ったのだろう。そのときも、源太夫は言質《げんち》を与えず躱《かわ》したのであった。

今のところは新庄と佐倉の二人のみであるが、これから増えることは十分考えられた。三太夫は来年は十五歳になる。岩倉家は周りからは順風満帆《じゅんぷうまんぱん》に見えるだろうから、娘を持った親たちに、三太夫は一気に注目されることになるかもしれない。

となると真剣に相手を探さねばならないが、ほとんどを道場ですごし、五日に一度九頭目《くずめ》家に稽古《けいこ》を付けに出掛けるだけの三太夫に、言い交わした娘がいようとは思えない。もっとも親の知らぬところで秘かにということも考えられなくはないが、三太夫にかぎってはまず有り得ないだろう。

そういえば、と源太夫は新たな事実に気付いた。新庄は龍彦を娘の婿に、そして新庄も佐倉も娘を三太夫に嫁がせたいと言ったのである。

上意討ちで倒した相手の子供の市蔵《いちぞう》が孤児になったので、源太夫とみつは自分たちの子として引き取ったのであった。その後、後添《のちぞ》えのみつに幸司ができたという事情があった。

岩倉家には少し複雑な事情がある。

源太夫は先妻ともよとの息子修一郎《しゅういちろう》に家を譲って隠居したが、思いがけぬ事情があって藩士に復帰し、別家を立てることになった。そのため新しい岩倉家では、修一郎ではなく市蔵が長男となっている。

二人は元服して市蔵は龍彦、幸司は三太夫と改名した。

龍彦が長男で三太夫が次男なのに、新庄は龍彦を娘婿に、新庄も佐倉も下の三太夫に娘を嫁がせたいと言った。つまり二人は、源太夫たちが龍彦を婿養子として他家に出し、三太夫に嫁を取って家を継がせると考えているのだ。そしてほぼまちがいなく、藩士たちのほとんどがそう思っているのだろう。

それだけではない。龍彦自身もそう考えていた。

長崎遊学が決まったとき、道場は三太夫に任せられるので安心だと、龍彦が洩《も》らしたのである。自分が養子であると知った龍彦は、身の置き場がないような気がして悩み続けていたらしい。ところが長崎行きが決まったので、自分の道が拓《ひら》けた気がしたのだろう。

龍彦のほうは長崎遊学からもどってからということで、当分はなんとか抑《おさ》えられるはずだ。そう考えていたが、そうもゆかないのではないだろうか。

三太夫の十四歳に対して、龍彦は十七歳であった。第一回の四人の遊学生に最年少で選ばれたとなれば、ぶじに終えて園瀬《そのせ》に帰れば出世は約束されたようなものである。しかも岩倉家は三太夫に継がせると、多くの者が見ているし、龍彦もその気なのだ。

年が明けたら、園瀬にもどった暁《あかつき》にはぜひわが娘を、などとの話が舞いこみそうであった。待てよ、そんなに悠長に構えていられないのではないのか。

藩庁と長崎を月に一度、飛脚便《ひきやくびん》が往復している。遊学生から藩庁に勉学の進捗《しんちょく》の報告や、家族、友人への書簡が、藩からは報告文書を見ての指示などが送られる。親は飛脚便に衣類や保存食を、友人知人は手紙を託すのであった。

ゆえに打診や申しこみの便りが、すでに長崎の龍彦へ届けられているかもしれないのである。

龍彦はかなり筆まめで、源太夫とみつだけでなく、三太夫や花、さらには下男の亀吉《かめきち》にまでなにかと書き送ってくる。外国の珍しい風習や食べ物のこと、銅鑼《どら》や太鼓、爆竹を鳴らしての騒々しい支那《しな》人の踊り、坂が多く入り組んだ湾の美しい長崎の風景などについてである。さらには自分だけでなく、ともに学ぶ三人の失敗や滑稽譚《こっけいたん》などを、おもしろおかしく書き綴るのであった。

ところが学友のだれかが女に惚《ほ》れたものの振られたとか、逆に惚れられたなどとは書かれているが、なぜか自分のことには触れていない。まるっきり書かれていないと、書けない、あるいは書きたくないのではないかと思ってしまうのである。それに学友の妹とか従妹《いとこ》のことなどで、話があってもふしぎはないのだ。

とはいうものの長崎は遠国《おんごく》である。園瀬の里で気を揉《も》んでいても仕方がないので、重大な問題が起これば書き送ってくるはずだと思うしかなかった。

取り敢《あ》えず解決しなければならないのは、三太夫の許婚の件であった。

さて、どうしたものだろう。本人に直《じか》に訊くべきだろうか。だが、なんと訊けばいいのだ。言い交わした女がいるのか。いると言えば言ったで考えなければならないが、いないとの返辞ならどうする。約束はしていなくても、好きな相手はいるかどうか訊くのか。だが、どういう顔をして訊けばいいというのだ。

源太夫にとっては難問であった。三太夫は子供であると同時に弟子なので、なんと訊けばいいのかわからないのである。

独りで悩んでも仕方がない。みつのほうが遥《はる》かに柔軟《じゅうなん》に、対応できるのではないだろうか。

ああでもないこうでもないと、思い惑いながらゆっくり歩いたからかもしれないが、門から走り出た武蔵《むさし》の吠え声に迎えられたのは、五ツ半（九時）をすぎたころであった。

三

「早うございましたね」と、茶を淹《い》れながらみつが言った。「父上はお酒の席だからと、子供たちは先に寝かせました」

父親のもどった気配を感じたからだろう、三太夫と花が顔を見せ、就寝《しゅうしん》の挨拶をしてすぐに寝所《しんじょ》にさがった。

「飲み直し、なさいますか」

湯呑茶碗を膝《ひざ》まえに置きながらみつが言ったのは、夫の表情からあまり楽しい酒ではなかったと判断したからかもしれない。

「そうだな。おまえも飲むか」

「少しいただきましょうか」と言って、みつは席を立った。「お湯は沸いていますので、すぐ燗《かん》は付きますから」

さて、どこから話せばいいだろうとあれこれ考えていると、いつの間にか時間が経《た》っていたらしい。銚子《ちょうし》と盃《さかずき》を載せた盆を置いて、みつが静かに正座した。

「佐倉さまとは初めてでございますね。お仕事のご縁はなさそうですけれど」

「息子の五郎左が道場に通っておる。と申しても、さほど熱心な弟子ではないし、腕も大したことはない」

「五郎左どののことで、なにか。相弟子や兄弟子と揉め事を起こしたとか」

「道場でのことなら、わしが見逃すことはないはずだが」

「ですが稽古のあとでとか、あるいは相弟子とおなじ娘さんを、五郎左どのが好きになってしまったとか」

「そんなことで、父親がわしに相談に来ると思うか」

口に手を当てると、みつはいかにもおかしそうに笑った。

「わたし、なんと間の抜けたことを」

「五郎左に関してではないが、男女間のことではある」

「訳がわかりませんが」

「三太夫のことだが」

「なにか問題を起こしたのでしょうか、あの子が。えッ、男女間のことだと申されましたか」

「なにを狼狽《うろた》えておる。まず一口飲んで心を鎮《しず》めたほうがいいのではないのか」

言われてみつは盃を手にし、首を傾《かし》げながら口に含んだ。源太夫が飲み干すと、みつが複雑な顔のまま酒を注ぐ。

「長男が、と言《ゆ》うて名は知らんのだが、嫁を娶《めと》るそうでな。次郎左は跡を任せて隠居する気でいる。上の娘はすでに嫁いで、子供もいるのでなんの心配もいらんそうだ。気懸かりなのは下の娘で、親の口から言うのもなんだが、よくできておるらしい」

そのような言い方をすれば、気が付かぬ母親はいないだろう。

「その娘さんを、三太夫にもらってもらいたいと」

「そういうことだ」

「まさか、受けられたのでは」

「なぜに、そう思う」

「巧《たく》みに話を運ばれて断るに断り切れず、それで不機嫌《ふきげん》な顔でもどられたのかと」

「わしをそんな男と思うか。たしかに話の運びなどはうまくない。いや、はっきり言ってへたである。だが、ことは息子の一大事なのだぞ。受ける訳がなかろうが」

「すみません」

「受けはせなんだ、が」

みつの顔を不安が覆《おお》ったのは、もっと悪い事態を招いたと思ったからだろう。

「次郎左は信じられぬくらい執拗《しつよう》でな。もっとも娘の一生に関わることゆえに、親として当然であろうが」

「受けなかったために、さらに困ったことに追いこまれたのでしょうか」

「ああ。だがそうするしかなかった。わしは虚言《きょげん》を弄《ろう》した。嘘《うそ》を吐《つ》いてしまったのだ」と言って、源太夫はみつを見た。「どうして詰《なじ》らぬ。武士が嘘を吐いたのだぞ」

「ですが、そうするしかなかったのでございましょう」

「たしかにそうだが。それ以前に、嘘を吐くという恥ずべきことをしてしまったのだ」

「ほかに手がなかったのであれば、仕方ないではありませんか。で、なんと申されたのでしょう」

「三太夫には夫婦《めおと》になると言い交わした相手がおる。両家の親も認めていると言ってしまった。両家の親だ。片方はわしとみつだが、もう片方はいない。言い交わした相手がおらんのだから、その親のいようはずがない。わかりきったことだ」

「いないとおっしゃいましたが、佐倉さまには話さなくても、おまえさまが心の裡《うち》で決めた、でなくてもお考えの相手はいるのでしょう。ですから咄嗟に、そうおっしゃったのではないのですか」

「であればまだしも、おらぬゆえ困っておるのだ」

源太夫がそう言うと、みつは深い溜息《ためいき》を吐いた。こういうときの妻の溜息ほど、夫の気持を暗くするものはない。

「どうなさるおつもりですか。佐倉さまは折を見て、なにか言って来るかもしれません」

「であろうな」

源太夫の困惑《こんわく》気味の受け方で、みつはさらに顔を曇《くも》らせ考えこんでしまった。見れば眉間《みけん》に縦皺《たてじわ》が寄っている。源太夫が妻の眉間の皺を見たのは初めてであった。佐倉に対する自分の愚かな行動が、みつを悩ませてしまったのを知って、源太夫は暗い気持にならずにはいられなかった。

「三太夫が好意を寄せている、あるいは好意を寄せられている方をご存じですか。でなくても思い当たる方がございますか」

言われて源太夫は思いを巡らせたが、もともと家族同士で付きあっている相手自体が多くないのである。

待てよ、と、突然その名と顔が浮かびあがった。源太夫の弟子戸崎伸吉《とざきしんきち》の姉のすみれである。花はすみれ、そして佐一郎の妹の布美《ふみ》と仲が良く、月に一度は岩倉家に集まってお喋りしたり、なにかと教えあったりしているようだ。

すみれの名が浮かぶと同時に、源太夫はべつのことを思い出していた。

伸吉が入門して間もなく、一人の娘が道場にやって来たことがある。小柄で可《か》憐《れん》なために、源太夫は花の知りあいだと勘ちがいしたのだが、それが伸吉の年子の姉すみれであった。弟は風邪《かぜ》のため、道場を休ませたいというのである。

そのとき、汗拭きを忘れて道場から出て来た幸司、それを渡そうと母屋から出て来たみつと、すみれは初対面の挨拶をしている。お茶を飲んでいかないかとみつが誘ったが、弟が風邪で稽古を休むことを伝えにきただけですから、とすみれは遠慮した。

ところが幸司が道場に、みつが母屋《おもや》に去ると、すみれは源太夫に話があると言ったのである。太刀《たち》を習いたいとのことだが、源太夫は道場は藩士とその子弟のためのものなので教えられないと言った。もちろんすみれは知っていたし、源太夫に教わりたいというのではなかった。

すみれの母多恵《たえ》は、ほとんど知る者はなかったが小太刀《こだち》の遣い手である。すみれはその多恵から伝授されたのだが、両親から、おそらく父喬之進《きょうのしん》の考えだろうが、そこまでできれば十分だろうと言われたらしい。

そんな貧弱な体では、いくら学んでも限度がある。どうせ学ぶのであれば、手習い、作法、裁縫、さらには活け花を学ぶべきだと言われた。どこに縁付くにしても役に立つからだ。

しかし努力すればさらに強くなれるのがわかっているのに、線を引きたくないとすみれは言ったのである。

源太夫は両親がそう考えているのならば、従うしかないだろうと言うしかなかった。

念のために、屋敷の庭での一人稽古も禁じられているのかと訊くと、そこまではとのことであった。であれば続けるように、と源太夫は言った。稽古を続けておれば、両親の考えが変わることもあるだろうから、と。

そののち幸司が伸吉に投避《とうひ》稽古を教えると、すみれは弟からその話を聞いたらしい。稽古の合理性を汲《く》み取ったすみれは、ただちに自分の稽古に採り入れた。

そして十二歳で岩倉道場の最上段に名札を掲《かか》げたほどの仲吉が、つい最近まで、投避稽古ではすみれに勝てなかったのである。

となれば三太夫の嫁として、これほどふさわしい娘がいるだろうか。岩倉家の嫁となれば、納得いくまで鍛《きた》えられるのである。

女は道場には入れぬが、弟子たちは庭に出て来て話すことが多い。そんな時道場主夫人として、若い弟子たちの相談に乗ることもできるだろう。

あっという間に、すみれの名が源太夫の心の裡で膨《ふく》れあがったのであった。

「すみれどのはどうだ。みつはどう思う」

「どう思うと申されても」

そこで源太夫は、すみれとの遣り取りを語って聞かせた。

「三太夫はすみれどのを好いておらんのか」

源太夫の早急な問いに、みつは思わず笑ってしまった。

「どうでしょうか。嫌ってはいないと思いますが」

「嫌っておらねば十分だ」

「と申されますと」

「佐倉が執拗に問い詰めてくれれば、許嫁としてすみれどのの名を出せばよいではないか」

「無茶を申されますな。すみれどのの気持をたしかめずに、当然三太夫の気持もですが、勝手なことは申せません。男女のことは、剣ほどは単純でありませんから」

「剣を単純と申したか」

「すみません。決してそんなつもりでは」

「よい。であればたしかめる」

「どなたにですか。すみれどののにですか。それとも三太夫に」

「双方にだ」

「無茶を言わないでください」

「なにが無茶なものか」

「心を鎮めてくださいな。三太夫とすみれだけの問題ではないのですよ。二人がいいと言っても、すみれどののご両親に認めてもらわねばなりません」

「当然そうなるな」

「どのような手順で進めようと、お考えなのですか」

「まず、三太夫に質《ただ》す」

「一番身近ですから、そうなりますね。三太夫がすみれどのならと受けましたら」

「喬之進どのに話すことになろうな」

「わかりました。ですが、三太夫にはどのように」

「おまえもいい齢《とし》になって元服もぶじすませたが、となると嫁取りのことを考えねばならぬ。そう持ち掛ければ、まだ早いと言うに決まっておる。実はすでにいくつか、話が持ちこまれたがそれは断った。だが今後、位の高い人物から話が来た場合は、容易《ようい》には断り切れぬこともありうる。しかしすでに言い交わした娘、つまり許嫁がいると言えば、相手もそれ以上のむりは言えぬ。どうだ、そういう娘はおるのかと訊く。おると答えて、すみれどのなら問題ない。ちがう娘であれば、一度家に連れて来るように言う。良い娘であれば話を進めるが、でなければ断りを入れる」

一瞥《いちべつ》したが、みつはまるで考えていることがわからぬというか、感情を押し殺したような目でじっと見ている。しかたなく、ひと呼吸して源太夫は続けた。

「そんな娘はおらぬと答えれば、それでは好きな、いっしょになりたい、あるいはなってもいいと思うておる娘はおるのかと問う。うなずけば連れて来させて、先ほどとおなじ手順を踏む。いないと答えれば、そこで初めてすみれどのの名を出す。いいと言えば問題はないが、ためらうようであれば、あれこそおまえにふさわしい娘だ。実はわしとみつは、あの娘のほかにはいないと思っているので、ここは親孝行だと思うてうんと言え。うんと言えば、戸崎どのを呼び出して談判し」

堪《たま》らずというふうにみつが噴き出したが、それで収まらずに肩を震わせ、手巾《しゅきん》を出して目を押さえた。涙が出てしまったらしい。

「まるで喧嘩腰ではないですか。咽喉《のど》もとに短刀を突き付けられたようで、三太夫だって答えようがありませんよ」

「やる以上は単刀直入に」

「単刀直入すぎないでしょうか」と、みつは少しだけ夫を睨《にら》んだ。「おまえさまが話されますと、どうしても強《きつ》くなってしまいがちですので、三太夫も緊張するでしょう。ここは母親のわたしのほうから話すのが、あの子も話しやすいと思うのですけど」

「どのような運びで話すつもりだ」

「おまえさまとおなじ手順で話そうと思いますが、なるべくあの子がすなおに話せるようにしたいと思います」

「まあ、そういうことなら任せるとするか」

いかにも仕方なかろうと言いたげであったが、みつは源太夫の目に、ホッとしたような色が浮かんだのを見逃さなかった。

四

軍鶏が餌を喰い終わった順に鶏小屋から出すと、亀吉は唐丸籠《とうまるかご》を被《かぶ》せた。少し持ちあげて軍鶏を歩かせながら、母屋と道場の間の庭に連れて行く。風通しのいい場所で気持を和《なご》ませたり、日光浴をさせたりするためであった。

すべての軍鶏を連れ出すと、亀吉は鶏小屋の掃除に取り掛かるのである。

庭に出た源太夫が唐丸籠の軍鶏を一羽一羽ゆっくり見ていると、門から入って来る足音がした。

「先生、おはようございます」

佐倉五郎左だが、こんな時刻に来たのは入門したとき以来である。雨が降らねばいいがと、源太夫は思わず空を見あげた。

「初心に返って道場の拭き掃除をする気になったか。技を磨《みが》くまえに心を磨け、心を磨くまえに床を磨け」と、源太夫は師匠日向主水《ひゅうがもんど》の口癖を唱えた。「初心を忘れぬとは、感心であるな。いよいよ本腰を入れてやる気になったか」

五郎左はいかにも気まずそうな顔になり、懐《ふところ》からちいさな紙包みを取り出すと源太夫に手渡した。

「これを父に言付《ことづ》かりまして。大変な無礼を働いてしまい申し訳ない。どうか悪《あ》しからずとのことでした。それでは、所用がありますので失礼いたします」

一礼すると踵《きびす》を返し、五郎左は逃げるように門に向かう。源太夫は引き留めなかったし、皮肉を言う気にもなれなかった。

人の姿はなかったがその場で改める訳にもいかず、源太夫は母屋に向かう。裏口から入るとみつがいた。

「どなたかお見えのようでしたが」

「佐倉の五郎左だ。父親の詫《わ》び言《ごと》を伝えに来た。律義《りちぎ》と言おうか」

小心と言うべきかの後半は呑《の》みこんだ。もちろん息子の五郎左ではなく、父親の次郎左に対してである。紙の包みを開くと、端数《はすう》まできっちり、源太夫の払ったのとおなじ額が入っていた。

残りを飲み喰いして見世《みせ》を出る段になって、源太夫が支払いをすませたことを知ったのだろう。念のため見世の者に料金を訊き出したにちがいない。自分から呼び出しておきながら相手に出させたのは、さすがにまずいと思ったのではないだろうか。

「道場にまいる」

いつもはみつが袴《はかま》を着けるのを手伝った。

「はい。ご用意はできておりますが、まだ、お弟子さんたちの拭き掃除が終わっておりませんよ。お食事をすませてからになさいましたら」

「そうであったな」

少々バツが悪い。まだ全部の軍鶏を見終わっていなかったのである。思いもしない五郎左の出現ですっかり調子を狂わされたが、人のせいにしてはいかんな、と源太夫は自分を戒《いまし》めた。

「三太夫。午後のお手伝いが終わったら、話があります」

「わかりました、母上」

その日になにかあると、岩倉家では朝食が終わって茶を喫《きっ》するときに伝えるようにしていた。そうすればほかの者にもわかるし、自然とむだもなくせるからだ。それと個別の話は、なんとなくこそこそしているような印象を与えるので、避けたかったからである。

前夜、みつは少なからず緊張せざるを得なかった。佐倉次郎左の酒の誘いを受けた源太夫が、冴《さ》えないというか、打ち沈んだ顔でもどったからである。

源太夫が話を小出しにするので事情が呑みこめなかったものの、やがて佐倉の下の娘を三太夫の嫁にもらってくれぬかとの話だとわかった。断るに断れず受けてしまったのかと内心あわてたのは、不機嫌と言っていい夫の表情のせいである。

源太夫はそのような過《あやま》ちこそしなかったが、執拗に迫られて息子には言い交わした娘がいると、なんとかその場を凌《しの》いだのだと言う。であれば上出来でないかとみつは思った。

ところが夫は咄嗟にそうは言ったものの、三太夫にそんな相手がいる訳がないと困惑している。もどかしいといったらなかった。

堪らずみつは言ってしまったのである。

「三太夫が好意を寄せている、あるいは好意を寄せられている娘をご存じですか。でなくても思い当たる方がございますか」

そこまで言ったのに、思案はしてもその娘の名に辿《たど》り付けない。

「すみれどのがいるではありませんか」

何度そう言いたかったか知れないが、自分の口から言うべきではないと思った。なんとしても源太夫に言ってもらいたかったのだ。

すみれがやって来たとき、花をあいだにしてではあるが、源太夫と三太夫は何度かいっしょに語りあっている。二人の表情や語り口から、互いに好意を抱いていることはわからぬはずがないのだ。言葉で言い交わしてこそいないが、目と目がおなじことをしているのに、なんと鈍《にぶ》い人だろうと哀《かな》しくなるというより、呆《あき》れてしまった。

ところが急に、源太夫の目に光が宿ったのである。なにかに思い当たったらしい。そして待ちに待った名を挙げたのだ。ただし自信なげに。

「すみれどのはどうだ。みつはどう思う」

長い遠廻《とぼ》りの末に夫がそう口にしたとき、みつは快哉《かいさい》を叫びたかったが、全力を尽くし惚けてみせた。

「どう思うと申されても」

みつの困惑気味の表情が夫を刺激したらしい。それまでとは別人のように、源太夫は熱っぽくしかも多弁になったのである。

となれば三太夫にたしかめ、脈があればすみれに確認し、父親の喬之進を説得する、と源太夫は言い出した。気持はわからぬでもないが、そんなに意気ごまれては、それこそぶち壊しになりかねない。

みつはなんとか源太夫の気分を壊すことなく、自分が聞き出し役になることを持ち掛けて、認めさせたのである。

二人が惹《ひ》かれあっていることがわかっている以上、いっしょになるのは当分先になるとしても、みつとしては早く決めておきたかった。いわば手金を打つようなものだろうか。

表面的にはみつは普段と変わりなく見えただろうが、火花が散るかと思うほど心は終始活発な働きを続けていた。

サトに手伝わせて家事を滞《とどこお》りなくこなし、侍女《じじょ》を供に息子の勝五《しょうご》を連れて訪れた、生まれも育ちも江戸女の園《その》の相手をした。勝五はみつと花に挨拶するなり、いや挨拶の後半は、道場に向けて駆け出しながらのものであった。

十分に談笑して園を送り出すと、これまたサトに手伝わせて昼餉《ひるげ》の用意をした。

食後は茶を一服すると、午後は花を相手に『女今川《おんないまがわ》』の講義である。

まず前日学んだ部分を花に声高《こわだか》に朗読させて、まちがいがあれば正す。そして意味を問い、こちらも過ちは指摘し、あるいは補足する。そして次の節を読んで聞かせ、意味をわかりやすく説《と》いた。

そうこうしているうちに若軍鶏の味見が終わったらしく、「母上、手が空きました」と三太夫がやって来た。花をさがらせると、息子を待たせてみつは茶を淹れた。そうしながらも、話す手順を心の裡で整理、確認したのだった。

みつは二人のあいだに湯呑茶碗を置くと、一つを手に取り、目顔で口を潤《うるお》すように三太夫に示した。

「元服を終えたとは申せまだ一人前とは言えませんが、三太夫は父上がお困りの節には、できるかぎりのことをする覚悟はできておりますね」

息子の表情、いや全身が緊張するのがわかった。それがみつのねらいであった。

「当然です」と言って、三太夫は母の目に見入った。「一体どのようなことが」

「脅かすつもりで言ったのではありませんから、気を楽になさい」

「と申されても、そのように切り出されたからには」

「父上は昨夜、折り入って相談したきことがと、佐倉さまからお話があり出向いたのですが」

そう前置きしてみつはすぐに話に入った。

「下の娘さんを、三太夫の嫁にもらってくれぬかとのことだったそうです」

さすがに驚いたようだ。ゴクリと唾《つば》を呑むのがわかった。

「それで父上はなんと」

五

「もちろん断りましたとも。おまえは十四歳ですからね、いくらなんでも早すぎます」

三太夫の顔には安堵《あんど》の色が浮かんだが、すぐに厳しい表情になったのは、最初に言った「父上がお困りの節には」が引っ掛かっていたからだろう。

「ですが、佐倉さまは引きさがらなかったのですね」

「すぐにではない、婚儀は先だとしてもその方向で考えてもらえぬであろうか、とか。ともかく、なんとしても娘を三太夫の嫁にしたいからでしょうが、父上が断り切れないように」

「父上がどう言っても逃げきれぬように、あらゆる断りを考えて、それを打ち砕く用意をしていた訳ですね」

息子の呑みこみの早さに、みつは軽い驚きを覚えた。

「あまりにも執拗なので、父上は堪りかねて言ったそうです。倅には約束を交わした許嫁がいて、両家の親も認めていると。許嫁の名を訊かれたけれど、相手に迷惑がかかるからと言わなかったそうです。佐倉さまはさすがに諦《あきら》めたそうだけれど」

「であれば、問題はないではありませんか」

「佐倉家だけではないのです。ほかからも声を掛けられているのです」

みつは「遊山の日」に、源太夫が龍彦を連れて挨拶廻りをしたとき、新庄勇に龍彦を長女の婿に、そして次女を幸司にもらってくれぬかと、くどくどと迫られたことを話した。さらには夏に瀬釣りをしているときに、おなじ新庄に絡まれたことをもである。

「父上には迷惑と手数をお掛けしますが、断っていただければ」

「それだけですめば、三太夫に相談することもありませんが」

ふたたび三太夫が緊張するのがわかった。やはり若い、いや幼いのである。一つが解決すると安心して、その先、あるいは周辺には思いが及ばぬらしい。

「そうしますと」

「なんとしても可愛《かわい》い娘を三太夫の嫁に、と思い詰めた佐倉さまです。一度は止むを得ないと退《ひ》きさがりましたが、そのままですむとは思えません。なんとしても事実かどうかをたしかめようとするでしょうし、あとになってそんな約束などなかったとわかれば、ひどく恨むことになるでしょう」

「しかし、一方的に恨まれたって」

「理《ことわり》に適《かな》うことでないのはわかります。ですが人とはそういうものなのです。佐倉家とか新庄家ならなんとかなりますし、恨まれても無視すればすむでしょう。ですが父上は、わが岩倉家は、御前さまの禄をいただいております。ですから上のほうから話があった場合、突《つ》っ撥《ぱ》ねる訳にいかぬことも生じるのです」

硬い顔のまま三太夫がうなずいたのは、なんとなくではあっても、言われた意味がわかったからだろう。

「例えば御中老さまです」

岩倉家で単に御中老と言えば、源太夫が藩校「千秋館」と日向道場でともに学んだ芦原讃岐《さぬき》一人である。

この秋、元服して幸司から三太夫に名を改めたとき、烏帽子親《えぼしおや》を務めてもらっている。烏帽子親と烏帽子子は、実の親子と変わらぬ関係を保つとされていた。

「御中老さまが、わが子にも等しい烏帽子子の三太夫に、これ以上ないという娘がいるのだがと話を持ってこられたら、父上も容易には断れないと思います。さらにもっと上の方からの話となると受けるしかなく、三太夫は意に染まぬ相手と生涯をともにせねばならぬことになりかねません」

「そうは申されても、わたしはまだ十四ですから」

「婚儀は先になっても取り敢えず約束を、となるでしょう。ただ、逃れられる方法が一つだけなくはありません」

「さっきおっしゃった許嫁、言い交わした相手がいる場合ですね」

「たとえ烏帽子親の御中老さまであろうと、ではあろうがとまでは言えないのです。そこで訊きますが、三太夫には言い交わした娘がおりますか」

「いる訳ないじゃないですか。剣の腕をあげることしか考えていない毎日ですよ。あッ、それから」

「なんでしょう」

「今は釣りの腕もあげたいと思ってますが」

子供っぽい返辞に、みつは思わず微笑《ほほえ》んでしまった。

「でしたら好きな娘さん、この人だったらいっしょになってもいいと考えている人は」

「答はおなじです。いる訳ありません。今は剣と釣りだけしか、興味がありませんから」

「困りましたね。断り切れなければ、受けねばなりませんから。もしもそういう娘さんがいれば、父上は頭をさげてでも娘さんの親御さんに訴えて」

以下は続けずに、みつは困惑顔で思いに耽《ふけ》った。いや、そのように見せたのである。

「父上も母も、あるいはそうではないかと、覚悟はしていたのです」

「覚悟、ですか」

「元服はすませたと言っても、三太夫はまだ十四歳。ほとんどを道場ですごすので、話すのは相弟子や兄弟子ばかり。あとは五日置きに、御家老さまの道場に出稽古に行くだけですから。実はね、三太夫」

声の調子が変わりでもしたのだろうか、三太夫は思わず背筋を伸ばした。

「は、はい」

「父上も母も、おまえの伴侶《つれあい》としてこの娘ならと想い描いている人がいてね。べつべつに考えていたのだけれど」

みつは「この娘なら」とか「べつべつに」というのが、われながら思わせぶりでいやらしいと思わずにいられなかった。でありながら、しばらく間を置いてからおもむろに言ったのである。

「ひどく躊躇《ためら》わずにはいられませんでしたが」

当然、娘の名が出ると思っていたらしく、三太夫は肩透かしを喰ったような顔になった。

「なぜなら、おまえにだめだと言われたら、父上にもわたしにも、ほかに打つ手がないのだもの」

「ですが、名前を聞かないことには」

「そうだわね。父上と母がその娘さんの名前を言ったのだけど、なんとおなじ人でした」と言ってから、みつは三太夫の目をじっと見た。「すみれさんなの、戸崎家の」

言った瞬間に三太夫が顔を赤らめたので、みつは自分の思った通りだったとわかってうれしさが胸にあふれた。その瞬間、不覚にも涙が浮かんだのである。

「ああ、良かった。弟さんが風邪なので道場を休ませたいと、すみれさんが見えたことがあったでしょ。あのとき母さん。この娘が幸司の嫁さんになってくれたらいいのにと、思わずそう思ったの。その後、花を訪ねて毎月わが家へ来るようになったけれど、何度か話しているうちにますますその気持が強くなりました。礼儀正しいし、考え方がしっかりしてるし、しかも控え目でしょう」

「母上がそれほど喜んでくださるなら、だめだなんて言えば、とんでもない親不孝者ですね。ですが言える訳がありません。なぜならご自分のことを母とかわたしと言っていたのに、思わずでしょうが、母さんと洩らしましたから。よほど喜んでくれているのだとわかりました」

みつは意表を衝《つ》かれた思いがした。生涯をともにすることになるかもしれぬ娘のことを打ち明けられたのに、普段とはわずかにちがう母親の変化に気付いたとわかったからだ。

「あら、いつ母さんなんて言いましたか、自分のことなのにはしたない」

「ついさっき、おっしゃったばかりですよ」

だがそんなことはどうでもいいことだった。急く心を鎮めながらみつは言った。

「では、父上に戸崎家と話を進めてもらいましょう。でも当座はだれにも言いません。三太夫とすみれさん、あちらのご両親、そして父上と母さん、ではなく母でした」と、みつはちいさく舌を出した。「そうだ、もう一人。花には隠せませんね、人一倍勘が鋭いだけでなく、三太夫を兄に持ち、すみれさんとは一番仲が良いのだもの。花はどれだけよろこぶかしら。すみれさんを、姉さんと呼ばせてもらってますからね。それが本当の義姉《あね》になるのだもの」

「ですが」

「どうしたの、急に不安そうな顔をして」

「うんと言ってくれるでしょうか、すみれさん」

「父上がちゃんとやってくれますよ。すみれさん以外に、三太夫と釣りあいの取れる娘はいないと言っていましたから」

　断言したものの、みつは少しだけ、ほんの少しではあるが不安を抱いていた。無口で不愛想なすみれの父の喬之進と、道場を開くまでは岩とか壁と呼ばれていた源太夫である。以心伝心となればいいが、ちょっとしたまちがい、狂い、瑕疵《かし》のために修復不可能な状態にならなければいいのだが。

たしか多恵《たえ》さんとおっしゃったかしら、喬之進夫人とみつが話しあったほうが、余程うまくいくような気がしてならなかった。

多恵は数多《あまた》の申しこみを断って、貧相といえばだれもが思い浮かべるような喬之進を選んだと聞いている。見てくれは悪いかもしれないが、喬之進が本当の男らしさを秘めていることを、見抜いたからにちがいない。多恵がしっかりした女であることは、二人の子供、伸吉とすみれを見ただけでもわかる。

みつは無骨そのものの源太夫と喬之進に任せるより、自分と多恵が話しあったほうが、ずっとうまくいくという気がした。しかしそれでは、男たちの顔を潰《つぶ》してしまうことになってしまうのだ。

六

「とんでもない失態を、伸吉めがやらかしたのであろうか」

挨拶もそこそこに、真剣な目で見ながら喬之進にそう言われて、源太夫は言葉に詰まった。言おうとするより早く、相手は被せるように続けた。

「いくらか腕が立つのを鼻に掛け、天狗《てんぐ》になって相弟子に、いや兄弟子かもしれぬが、無礼を働いたのであれば、父親として衷心《ちゅうしん》よりお詫《わ》びいたす」

「まずは落ち着かれよ、戸崎どの。もしそうであれば、この時刻にこの場所においで願いたいと、仲吉どのに伝言を頼む道理がござらぬではないか。道場にいるあいだは、人さまの大事な御子《おこ》を預かっておるのだ。そのような事態であれば、真っ先にそれがしが叱責《しっせき》いたす」

喬之進は拍子《ひょうし》抜《ぬ》けしたような顔になった。道場主が会いたいと言ってきただけで、最悪の事態を想像し、それしか考えられなくなっていたのだろう。

それにしても老けた、と見た瞬間に源太夫は驚いた。

三十歳をすぎてから多恵を娶った喬之進は、仲吉を入門させたいと岩倉道場に連れて来た今年の弥生《やよい》には、四十五歳前後であったはずだ。白髪《しらが》が増え猫背《ねこぜ》気味なこともあって、実年齢よりもかなり老けて見えた。

あれから八ヶ月ほどしか経っていないのに、さらに塩垂《しおた》れて感じられたのである。

この時刻にこの場所というのは、六ツ半に「東雲《しののめ》」にということであった。「東雲」は常夜灯の辻からは、五町ほど東へ行った要町《かなめまち》にある料理屋である。佐倉次郎左と会った富田町の「たちばな」よりは、いくらか上等な見世《みせ》と言っていい。

時刻はおなじであったにしても、佐倉に誘われた見世に行く気はしなかった。源太夫としては、息子のためになんとしてでも受けてもらわねばならないこともあり、少しいい見世にしたのである。と言っても「たちばな」の小座敷三畳に較《くら》べ、「東雲」は四畳半というくらいの差でしかなかったが。

「すると伸吉は」

「稽古熱心で礼儀正しい模範的な弟子です。毎朝、一番に来て道場の拭き掃除を率先《そっせん》してやっておる」

「であるならば」

「時刻と場所のみ伝え、内容に触れなかったにはそれなりの事情がござってな」

「うけたまわろう」

「かたじけない。実は戸崎どのに相談というか、願いたきことがあり、なんとしても諾《だく》の返辞をいただかねば、それがし家《うち》に帰ることができん」と源太夫としては珍しく、冗談っぽい言い方をした。「ここは戸崎どの、目を瞑《つむ》って、わかった、承知したと言っていただけぬか」

信じられぬという目で源太夫を見てから、喬之進はどう言えばいいのだろうかというふうな顔になった。

「お戯《たわむ》れを」

「であればそれがしも、いかばかり気が楽なことか」

「用件を聞かぬかぎり返辞はでき申さぬが、このようすではおそらく受けられまい」

「ごもっとも」

「だがそれでは、貴殿は家に帰れぬのであろう」

「仰《おお》せのとおり」

「であれば話すまえに、このまま別れるといたそうではないか。話さなければ、なかったもおなじだ」

立ちあがろうとする喬之進の足許《あしもと》に両手を突き、源太夫は深々と頭をさげた。

「なにとぞお聞きくだされ」

「くどい」

「くどいは承知。でありながら男が頭をさげるのだ」

そう言われれば席を蹴る訳にもいかず、喬之進は音を立てて腰を落とした。

「聞くだけであるぞ」

「かたじけない。聞いていただかねば、話にもならんのでな」

「長《なご》う、お待たせをしましたな」

間延びした声を掛けて小女が通路側の襖《ふすま》を開け、長四角な漆塗《うるしぬ》りの盆に載せた料理の皿や、銚子と盃を二人のまえに並べた。

「ほなら、ごゆっくりと」

小女はそう言って襖を閉めた。

源太夫が銚子を取ってうながすと、喬之進は諦めたような顔で盃を取った。飲み干したので銚子を差し出すと、相手は盃を板皿に伏せた。そしておなじ言葉を繰り返した。

「聞くだけであるぞ」

「かたじけない」

源太夫もまた、おなじ台詞《せりふ》を繰り返した。そして正座した両膝に両手の拳《こぶし》を押し当てると、深々と頭《こうべ》を垂れた。それからゆっくりと姿勢を正し、背筋をしゃんと伸ばした。小柄な上に猫背の喬之進を睥睨《へいげい》する恰好《かっこう》だ。

「倅三太夫の嫁に、娘御すみれどのを是非《ぜひ》ともいただきたい」

返辞はない。喬之進は目を見開き、目だけでなく口まで開けていた。

しばらく塑像《そぞう》のごとく微動もしなかったが、やがて右手をゆっくりと盃に伸ばした。源太夫が銚子を取ろうとすると、左手でそれを拒んで自分で摑んだ。伏せていた盃を返すと手酌《てじゃく》で注ぎ、それを一息で呷《あお》った。そしてさらに注いだ。

源太夫が自分の盃を差し出すと、喬之進はそれにも酒を満たした。

「ありがたい。受けていただけるのだな」

「受けられぬ」

「だが」

「盃を差し出されれば注ぐしかないではないか。敵《かたき》ではないのだからな」

「道理。ではあるが、貴殿の一念であれば納得できぬ。すみれどのに話してもろうて、それでだめであるなら当方も諦めざるを得ん。それもせずに一方的に断られては、引きさがる訳にはまいらぬ」

「五年後にまだその気であれば、改めて声を掛けてくだされ。さすれば、考えさせてもらおう」

「五年後に考えていただけるのであるなら、今、ここで考えていただいてもよろしかろう」

「わからぬお人であるな。すみれが何歳かご存じか」

「十三歳になられた。三太夫が十四歳ゆえ、男女の一歳ちがいは年廻りもよろしい」と源太夫は、なにか言おうとした喬之進を手で制した。「それに貴殿は、大いなる勘ちがいをされておる」

「勘ちがいだと、なにを申される」

「みどもは年内とか来春《らいはる》に、祝言《しゅうげん》を挙げたいと申しておるのではない」

「当然であろう。わかりきったことを」

喬之進は吐き捨てた。

「さて、今までは相談であって、これからが願いとなるのだが」

「なんだと。最初に相談というか、願いたきことがありと前置きし、目を瞑って承知しろと言ったのは憶《おぼ》えておるであろうな」

「もちろん」

「そのあとで、男が頭をさげるのだから聞いてくれと」

「さよう」

「三太夫どのの嫁にすみれを所望したいと言ったのは、あれは願いではなかったのか」

「なるほど、そのように解釈されたのであるか」

「だれだってそう思うであろうが」

「相談のためのいわば前振りのごときもので、用意が整ったようなので、相談および願いごとにまいるといいたそうか」

立腹のあまり、今度こそ席を蹴って立つのではないかと内心では危惧《きぐ》していたのである。ところが源太夫の半《なか》ばやけっぱちな話の進め方に、喬之進は却《かえ》って興味を抱いたらしく、であればともかく聞くだけでも聞こうという気になったらしかった。

「娘を何人かお持ちの方から、姉の婿として龍彦をもらえぬか、下の娘を三太夫の嫁にもらってくれぬかと、持ち掛けられてな。それも何人もから。一番新しいのは三日まえであった」

実は新庄勇と佐倉次郎左の二人だけなのだが、源太夫は「何人も」と、その辺を曖昧に言った。おそらく喬之進は、もう少し多いと解釈するはずである。

「最初は遊山の日で、長崎に遊学する龍彦を連れて挨拶廻りをしたのだが」

というふうに源太夫は話を進めたが、当然だが新庄とか佐倉という名前は出さなかった。三太夫が十四歳と若すぎるということから断ったものの、相手は次々と難題を出して、こちらが逃げられぬように追い詰めようとする、との部分を強調した。

「そこでだ。堪りかねて、それがしは嘘を吐いた」

「嘘とな。してどのような」

「気の毒ではあるが、三太夫にはいっしょになると言い交わした相手がおる。両家の親もそれを認めておると。そのひと言で、相手は退きさがるしかなかったのだ」

「なるほど。して、約束を交わした相手とはいかなるお方が」

思わず源太夫は喬之進の顔を見たが、まさかそこまで話に引きこまれていたとは意外であった。

「落ち着かれよ、戸崎どの。苦し紛れに吐いた嘘で、そんな娘などおりはせん。嘘を吐いたと申したばかりではないか」

キョトンとなってから、喬之進は決まり悪そうに照れ笑いした。

「であったな。わしとしたことが」

「ところが、それだけですまぬことに気付かされたのだ」

「どういうことであるか」

「娘御をなんとしても三太夫の嫁にと執着《しゅうちゃく》したほどの相手だ、もしかするとあれこれと手を尽くして調べるかもしれん。言い交わした相手などいないとしたら」

「捩じこむであろうな。となると逃れようがなかろう」

「いや、そんなことはなんでもない。断固拒否すればすむことだ。まぁ、代々というか、末代まで恨まれるであろうがな」

「ほかになにがある」

そこで源太夫が持ち出したのが、烏帽子親との特別な関係だ。幸司は中老の芦原讃岐に烏帽子親になってもらい、元服して三太夫となった。烏帽子親の中老がなんとしても添わせたい娘がいると言えば、烏帽子子は断る訳にいかない。気に染まぬ相手であろうと、生涯連れ添わねばならなくなるのだ。

「まあ、そんなことはあるまいが、さらに上から話があれば」

「断れば改易《かいえき》になろうな」

「ただし問われたとき直《ただ》ちに言い交わした相手がいると答えれば、大抵《たいてい》は、ではあろうがとまでむりは言ってこぬ」

「で、三太夫どのには」

「おる訳がない。なにしろ十四歳の若造で、ほとんど道場でヤットーに励んでおるだけだからな。娘と知りあうことさえない。しかし祝言は五年ほど先であろうとも、その相手を決めておきさえすれば、話があったとしても胸を張って断ることができる。ということでその相手を探し、決めなければならんのだが」

「そういうことなのか。ようよう話が見えて来た」

「家内はすみれどののに会った日に、三太夫の嫁にこれほどの娘はいないと思ったそうだ。わしも最初に、仲吉どのが風邪なので休ませてもらいたいと道場に見えた日に、話をしてやはりそう思った。その後、すみれどのが花を訪ねて来たときに何度か話すことがあったが、ますますその思いが強くなってな」

実際はみつが焦《じ》れるころになってようやく、そうだ、すみれどのがいるではないかと思い至ったのである。だがここは喬之進に懇願《こんがん》する意味で、本人はともかく、最初から親の源太夫とみつが、すみれどのに会うなり強く心を惹《ひ》かれたとせねばならない。これは嘘ではなく方便《ほうべん》である。

次はいよいよ本人だ。

「そこで三太夫に問い質《ただ》すと、顔を染めて俯《うつむ》いてしもうた。すみれどのには好感を抱いている、つまり好きだし、相手から好意を寄せられているのは感じている。そう、白状しおった」

「娘からはなにも聞いておらぬが」

「十三歳だぞ。恥ずかしくて親にそんなことが言えると思うか。とりわけすみれどのは慎《つつ》ましやかなのだ」

「い、言えぬな」

喬之進はゴクリと唾を呑んだ。

「おっと、それだけではない。もう一人おるぞ」

「もう一人だと」

「花だ。娘の花、三太夫の妹だな」

「言わずとも、わかっておる」

「その花がすみれどのを慕《した》って、会ったその日から、すみれ姉さんと呼ばせてもらっておる。当然、戸崎どのはご存じであろうが」

「うッ」と咽喉の奥でくぐもらせたということは、喬之進は初めて知ったということである。もっとも娘が父親に、そんなことを話す訳がないが。

「父親が言えばすみれどのもいやとは言えぬであろうが、それはやってもらいたくない。そこで最初に言った相談と願いとなるのだが、当方の思っていることを、三太夫、わしとみつ、そして花がすみれどのにわが家に来てもらいたいと願っていることを伝えて、気持をたしかめていただけないものだろうか」

自分でも芝居掛かっているとは思ったが、源太夫は深々と頭をさげた。そして頭をさげた途端に、それこそ自分の真の願いなのだとわかったのである。と思うと同時に、再度頭をさげていた。

「男児、一生の、願いでござる」

力んだあまり、一気に言うことができなかった。

「そこまで言われりゃ断れんが、しかし、言うだけ、事実を伝えるだけだぞ」

「ありがたい」

「ではあるが」

「ほかになにか」

「いや、なんと話せば、そのまえにどんな顔で話せばよいものか」

思わず源太夫は笑みを漏らしてしまい、喬之進に見咎《みとが》められた。

「なにがおかしい」

「失礼した。貴殿を笑《わろ》うた訳ではない。おのれとまるでおなじことで悩んでおられるので、ついおかしくなったのだ。だが悩みの深さから言えば、みどもどころでなかろう」

「なにが言いたい」

「すみれどのに許嫁となってもらうために、三太夫の気持をたしかめることになったのだ。いざとなると、まったくおなじでな。どんな顔で、なんと切り出せばよいのか、見当もつかぬ。父親が息子に対してさえそうだ。ましてや娘となると」

「しかし、貴殿は三太夫どのに話したのだろう」

「いや、話しておらん」

「さっき、三太夫に問い質すと、顔を染めて俯いてしもうたと言ったではないか」

「たしかめはしたが、話してはおらん」

喬之進は目を引ん剝《む》いた。

「話さずにたしかめただと、矛盾《むじゅん》だとわかっておろうな」

「つらつら考え、家内に問わせることにしたのだ。武芸の者は無骨《ぶこつ》であるからな」

「みつどのに頼んだのか」

「それでうまくいった」

実際はちがう。堪りかねたみつが、わたしから、と提案したのである。これも方便だ。方便が少し多いようだが、こういうときだ。許されるのではないだろうか。

「おぬしも多恵どのに頼んではどうだ。こういうことに関しては、女のほうが遥かに巧みであるからな」

「それはそうと、ただ訊くだけだからな。すみれが申し訳ないが、と言っても恨まんでくれよ」

「無論だ。三太夫にはきっぱりと諦めさせる。みつと花にもだ。そしてわしもな。すみれどのが首を横に振れば、わしら家族は全員が諦めるしかない」

「おいおい、そう圧力を掛けんでくれ。圧《お》し潰されそうだ。わしは見てのとおり、華奢《きやしや》にできておるのだからな」

喬之進にしては珍しい軽口かと思ったが、見れば真顔であった。

七

「だめだ」

開口一番、喬之進がそう言ったので、源太夫は愕然《がくぜん》となった。

まさかそんなことがあろうはずがない。喬之進に打ち明けた日の翌日、朝一番に道場入りした伸吉が、庭で軍鶏を見ていた源太夫に挨拶するなりこう言ったのだ。

「父が、おなじ時刻におなじ場所でお待ちします、とのことです」

むりな頼みをしたその翌日、おなじ時刻におなじ場所で会うというのだ。どこを取っても、どう解釈しても、「喜んでお受けします」との快諾としか考えられぬではないか。

ところが「だめだ」の全否定、たったのひと言で、望みが粉々に砕け散ってしまった。

おそらく源太夫は、口を開けて間抜けな顔をしていたのだろう。喬之進が怪訝《けげん》な表情になって訊いたのもむりはない。

「いかがいたした」

「だめなのか」

「ああ、だめだ」と溜息を吐き、喬之進は続けた。「だめだな、男親は。なんも わかっておらん」

少し変である。

いや、大いに変だ。

あれだけ多恵どのにと言ったのに、どうやら本人が直接すみれに訊いたらしい。うまくいかなくて当然ではないか。あのときもう少し強く、いやくどいほど念を押しておくのだったと源太夫は後悔した。

だが遅い。

後の祭りであった。

「それも、すっかり喋らせた上で、その件に関してでしたらなんの問題もありませんよ、と言ったのだからな」

待てよ。

さらに変である。

一瞬、だれの言葉か判断できずに、源太夫は混乱してしまった。すみれが言ったにしてはおかしい。だめであれば、なんの問題もありませんよと言う訳がないからである。

　源太夫の混乱に気付くことなく、喬之進は続けた。

「念のためにたしかめてはみますけれど、と言ったのだから呆れてしまう」

となると、すみれの言葉ではなく、多恵が言ったということになる。どうやら源太夫は早とちりしていたらしい。

　すみれは拒絶した訳ではなさそうだ。だとしても喬之進が最初に言った「だめだ」の、なにがだめなのか、どうだめなのかは謎《なぞ》のままである。仕方ない、もう少し喬之進の話を聞くとしよう、と源太夫は自分に言い聞かせた。

「であれば初めに用件を訊き、そう言えばよいではないか」

　自分が冷静になるのが、それも急激に平常にもどるのがわかった。すみれではない。喬之進と多恵の遣り取りだったのだ。

「それなのに、岩倉どのに聞かされた一部始終を喋らせたのだからな」

　ようやく流れが呑みこめた。

　多分こういうことなのだ。帰宅した喬之進が多恵に、岩倉源太夫が息子三太夫の嫁に欲しいと言ってきたので、すみれの気持をたしかめてくれんか、と言ったのだろう。多恵にはすみれの気持はわかっていたが、念のために詳しく話してほしいと夫に頼んだにちがいない。

喬之進が語り終えると、だったら問題はないと多恵は言ったのだ。つまり、すみれはいっしょになってもいい、いや、いっしょになりたいということなのだ。でなければ、源太夫としては大いに困る。

「ときの、おおいなるむだ遣いではないか」

「いや、それはちがうのではないかな、戸崎どの。当方がいかなる理由あるいは事情で、すみれどのに嫁になってもらいたいと考えているかを、母親として少しでも詳しく知りたかったのであろうよ。長いあいだ育ててきた可愛い娘を、他家《よそ》に送り出すのだからな。親なら、特に母親ならそう思わぬ訳がない」

「そうか。たしかにそういう面はあろうな」

「そうに決まっておる。だから長々と喋らされたからと言って、腹を立てては多恵どのが気の毒であろう」

「岩倉どのは多くの弟子を抱える道場主だけあって、人の心がようわかっておるな」

まえの日にも言われたがそのことには触れず、その程度は普通の男ならわからぬのがおかしいと思うが、そのことも指摘はしない。

「わしと仲吉には来ぬようにと念を押し、多恵とすみれは部屋を移った。ところが長いのだ。わしが多恵に話した分だけ、つまり岩倉どのがわしに語っただけ、いや、それ以上の時間を掛けたな。言わずともわかっておる」と、喬之進は言った。「多恵はすみれの考えを聞いてやりたいだろうし、自分の体験から、なにかと知恵を授《さず》けたと言いたいのであろう」

「すみれどのの気持を多恵どのがたしかめ、わが家の嫁になっていいということなのだな」

「当たりまえだ。一等最初に言うたであろうが」

聞いていないのだ。言い忘れたのに、本人は言った気になっているのだろう。

娘は父親の、息子は母親の血を濃く引き継ぐことが多いという。すみれは喬之進の、思いもしなかったオッチョコチョイな血を受けているのだろうか。もしそうだとしても、多恵が気付いて矯正《きようせい》しているとは思うのだが。

「ところがそうなると先刻申された、『だめだな、男親は。なんもわかっておらん』の意味がわからぬ。というか、宙に浮いた気がするのだが」

「そのことだ。しみじみそう思うた、というか、思わされてな」

「なるほど」

取り敢えず相鎚《あいづち》を打ちはしたが、一歩も前進していないのでもどかしくてならない。

「どうしておまえさまには、おわかりにならなかったのですか、と多恵に言われた」

すみれは月に一度くらいの割合で、岩倉家を訪れている。

「その日の朝になると、すみれがなんとか平静を装おうとしても、そわそわ落ち着きないのにお気付きでしょう」

「花どのと布美どのに会えるのが、楽しいからであろう」

「みつどのが、なにかと理由を作って道場から三太夫どのを呼び寄せて、少しでも二人が話せる機会を作ってくださるからですよ。それから仲吉が三太夫どのに投避稽古を教わったときに、すみれはすぐにハトムギを入れたお手玉を作って、仲吉相手に熱心に稽古を始めたでしょう」

「それも三太夫どのに結び付くというのか」

「冗談でしたらかまいませんけれど、まじめにおっしゃっているなら怒ります」

「すると、すみれは三太夫どのの嫁になってもいいと思っておるのだな」

「そのことに関してでしたら、なんの問題もありませんよ」と言ってから、多恵はまじまじと喬之進を見た。「どうやら、冗談ではなさそうですね」

喬之進の言った、「だめだな、男親は。なんもわかっておらん」の嘆《なげ》きは、多恵との遣り取りを踏まえてのものだったのである。男親を喬之進と置き換えるべきところだが、そうもいかない。源太夫もおなじ思いを味わったからだ。

二人の距離が思ったより、いや、実のところかなり近いことに気付かされたのであった。「なんもわかっておらん」ことに関しては、喬之進と源太夫の距離はないに等しい。

「男親はなんもわかっておらん、というのは蓋《けだ》し名言であるな。実はわしも、みつに呆れられたのだ。なぜに息子の気持が、そこまでおわかりでないのですかと笑われた。月に一度すみれどのが来る日に、二人の目が語りあっているでしょうと言われてな。語りあうのは口だけだと男は思うが、女には目や仕種《しぐさ》が語りあっているのがわかるらしい。ゆえに戸崎うじの言った、男親はなんもわかっておらん、は名言なのだ」

「そう思うか」

「思うからこそ言ったのだ」

「であればわしを、戸崎どのとか貴殿と呼ぶのはやめて、喬之進と呼べ。わしもおぬしを源太夫と呼び捨てる」

「喬之進」

「なんだ源太夫」

「改めてお頼みする。喬之進の娘すみれどのを、愚息三太夫の嫁にくれぬか」

「ああ、もらってくれ。どこに出しても恥ずかしくない、自慢の娘だ」

「となれば、春になれば内祝いをやろう。喬之進どのと多恵どの」

「喬之進だ。どのは付けぬと言ったばかりでないか」

「喬之進と多恵どの。すみれどのにその弟伸吉どの。わしとみつ、三太夫と花。この八名だけのささやかな祝いだ。花は喜ぶであろうな、姉さんと呼ばせてもらっていたすみれどのが、本当の義姉《あね》になるのだから」

「伸吉もな、三太夫どののような兄がいたらどんなにいいかと言っておった」

「では、年が明けて新玉《あらたま》の春となれば」

「岩倉家と戸崎家、両家の内祝いの席を設けるとしよう」

この二人、飲んだ量の割には酔ったようである。その顔の表はしかつめらしいが、裏はまるで童子だ。

岩倉源太夫は南国園瀬藩一の剣士というだけでなく、全国に剣名を知られている。片や戸崎喬之進は、瞬《まばた》きするより短い間で敵を切り伏せた名手なのだ。二人の剣士が、女が見たら苦笑するしかない、なにもわかっていない男親そのものとなって、他愛《たわい》ないことを言いながら酒を飲み交わしている。

盃を干しながら源太夫はふと思った。

もしかしたら、伸吉と花がいっしょになることがあるかもしれないな、と。

まさかと笑いたくなるが、三太夫とすみれにしても、佐倉からの話があったことで始まったのである。そして動き出したと思うと、あれよあれよという間に決まってしまったのだ。

伸吉は十二歳で花は九歳。三つちがいとなると年廻りもいい。伸吉と花が結ばれてなんのふしぎがあろうか、この世はふしぎに満ちているのだから。だからこそいろいろな物語が、日々生まれているのである。

（完）

一〇〇字書評

切・り・取・り・線

購買動機（新聞、雑誌名を記入するか、あるいは○をつけてください）

□（　　　　　　　　　　　　　　）の広告を見て
□（　　　　　　　　　　　　　　）の書評を見て
□ 知人のすすめで　　　　□ タイトルに惹かれて
□ カバーが良かったから　□ 内容が面白そうだから
□ 好きな作家だから　　　□ 好きな分野の本だから

・最近、最も感銘を受けた作品名をお書き下さい

・あなたのお好きな作家名をお書き下さい

・その他、ご要望がありましたらお書き下さい

住所	〒				
氏名		職業		年齢	
Eメール	※携帯には配信できません		新刊情報等のメール配信を 希望する・しない		

この本の感想を、編集部までお寄せいただけたらありがたく存じます。今後の企画の参考にさせていただきます。Eメールでも結構です。

いただいた「一〇〇字書評」は、新聞・雑誌等に紹介させていただくことがあります。その場合はお礼として特製図書カードを差し上げます。

前ページの原稿用紙に書評をお書きの上、切り取り、左記までお送り下さい。宛先の住所は不要です。

なお、ご記入いただいたお名前、ご住所等は、書評紹介の事前了解、謝礼のお届けのためだけに利用し、そのほかの目的のために利用することはありません。

〒一〇一－八七〇一
祥伝社文庫編集長　坂口芳和
電話　〇三（三二六五）二〇八〇

祥伝社ホームページの「ブックレビュー」からも、書き込めます。
www.shodensha.co.jp/bookreview

祥伝社文庫

承継《しょうけい》のとき　新《しん》・軍鶏《しゃも》侍《ざむらい》

令和 2 年 11 月 10 日　初版第 1 刷発行

著　者　野口《のぐち》 卓《たく》
発行者　辻　浩明
発行所　祥伝社《しょうでんしゃ》
東京都千代田区神田神保町 3-3
〒101-8701
電話　03（3265）2081（販売部）
電話　03（3265）2080（編集部）
電話　03（3265）3622（業務部）
www.shodensha.co.jp
印刷所　萩原印刷
製本所　ナショナル製本
カバーフォーマットデザイン　中原達治

 ISBN978-4-396-34683-6 C0193

祥伝社文庫の好評既刊

野口　卓

軍鶏侍《しゃも》

闘鶏の美しさに魅入られた隠居剣士が、藩の政争に巻き込まれる。流麗な筆致で武士の哀切を描く。

野口　卓

獺祭《だっさい》　軍鶏侍②

細谷正充《ほそやまさみつ》氏、驚嘆！　侍として峻烈に生き、剣の師として弟子たちの成長に悩み、温かく見守る姿を描いた傑作。

野口　卓

飛翔　軍鶏侍③

小梛治宣《おなぎはるのぶ》氏、感嘆！　冒頭から読み心地抜群。師と弟子が互いに成長していく成長譚としての味わい深さ。

野口　卓

水を出る　軍鶏侍④

源太夫の導く道は、剣のみにあらず。強くなれ——弟子、息子、苦悩するものに寄り添う軍鶏侍。

野口　卓

ふたたびの園瀬　軍鶏侍⑤

軍鶏侍の一番弟子が、江戸の娘に恋をした。美しい風景の故郷に一緒に帰ることを夢見るふたりの運命は——。

野口　卓

危機　軍鶏侍⑥

園瀬に迫る公儀の影。もしや、狙いは祭りそのもの？　民が待ち望む盆踊りを前に、軍鶏侍は藩を守れるのか!?

祥伝社文庫の好評既刊

野口 卓
遊び奉行 軍鶏侍外伝
遊び奉行に降格させられた藩主の側室の子・九頭目一亀《くずめいっき》。その陰には、乱れた藩政を糺《ただ》すための遠大な策略が！

野口 卓
師弟 新・軍鶏《しゃも》侍
老いを自覚するなか、息子や弟子たちの成長を透徹した眼差しで見守る岩倉源太夫。人気シリーズは、新たな章へ。

野口 卓
家族 新・軍鶏《しゃも》侍②
気高く、清々しく園瀬に生きる。淡々と、しかしはっきり移ろう日々に、家族の姿を浮かび上がらせる珠玉の一冊。

野口 卓
羽化《うか》 新・軍鶏《しゃも》侍③
剣客として名を轟かせた偉大な父の背は、遠くに霞む。道場を継ぐことになった息子の苦悩は成長へと繋がるか？

野口 卓
木鶏《もっけい》 新・軍鶏《しゃも》侍④
遠すぎる父の背を追い、年上の甥らと鎬を削る日々。軍鶏道場の息子・幸司が齢十四、元服の時に達した境地とは？

鳥羽 亮
野口 卓
藤井邦夫
怒髪《どはつ》の雷《かみなり》
非道な奴らは許せない！ ときに己を奮い立たせ、ときに誰かを救う力となる――怒りの鉄槌が悪を衝《つ》く！

〈祥伝社文庫　今月の新刊〉

五十嵐貴久　**波濤《はとう》の城**
沈没寸前の豪華客船、諦めない女消防士の救出劇。

原田ひ香　**ランチ酒**
料理と酒に癒される、珠玉の人間ドラマ×絶品グルメ。

青柳碧人　**天使のアイディア**
少女の仕掛ける驚天動地のトリックが捜査を阻む！

福田和代　**いつか夜は明けても**　S&S探偵事務所
最強IT探偵バディが人口激減を企むハッカーに挑む。

草凪　優　**人殺しの血**
「父親の罪が俺を怪物にした」男と女の逃避行はじまる。

近藤史恵　**Shelter**　新装版
体の声を聞き、心のコリをほぐす整体師探偵シリーズ第三弾。

笹沢左保　**霧に溶ける**
完全犯罪の企みと女の狂気、予測不能のミステリー。

鳥羽　亮　**剣鬼攻防**　介錯人・父子斬日譚
父を殺され、跡を継いだ若き剣士が多勢の賊を討つ！

あさのあつこ　**人を乞《こ》う**
父の死後、兄弟が選んだ道とは。感動のシリーズ完結編。

黒崎裕一郎　**必殺闇同心　娘供養**　新装版
〈闇の殺し人〉直次郎が消えた娘たちの無念を晴らす。

今村翔吾　**襲大鳳《かさねおおとり》（下）**　羽州ぼろ鳶《とび》組
尾張藩邸を猛火が襲う。現れた伝説の火消の目的は？

夏見正隆　TACネームアリス　**地の果てから来た怪物（上）**
日本海に不審な貨物機が。F15Jが確認に向かうが…。

夏見正隆　TACネームアリス　**地の果てから来た怪物（下）**
国籍不明のF15が空自機を撃墜！　その狙いと正体とは！

小杉健治　**白菊の声**　風烈廻り与力・青柳剣一郎
悪人の見る悪夢の正体は？　剣一郎が冤罪に立ち向かう。

野口　卓　**承継のとき**　新・軍鶏侍
元服した源太夫の息子は、剣を通じて真の友を見出す。